メディアワークス文庫

それでも、医者は甦る

―研修医志葉一樹の手術カルテ―

午鳥 志季

目　次

Chapter 0
そして、過去へと舞い戻る　4

Chapter 1
つまり、医者はろくでもない　7

Chapter 2
すなわち、螺旋に囚われて　82

Chapter 3
けれど、未来は変わらない　126

Chapter 4
こうして、雨音に包まれて　177

Chapter 5
あるいは、最後の唯一解　253

Chapter 6
それでも、医者は甦る　318

Chapter 0　そして、過去へと舞い戻る

待ちに待ったはずの手術で、その患者はあっさりと死んだ。

手術室の中を無影灯の白い光が照らしている。手術台に横たわる患者の周囲には、薄青色の滅菌ガウンとマスクを身につけた医者や看護師が呆然(ぼうぜん)と立ち尽くしている。

静まりかえった空間で、患者に取り付けたモニターのアラーム音が鳴っている。手術室備え付けのモニターには体温や心拍数、心電図の波形が表示されていた。心電図の波形はフラット——つまり、一切の心拍が検出されていないことを意味する。

「……対光反射、消失を確認しました」

患者の顔を覗(のぞ)き込んでいた麻酔科医が、絞り出すように言った。

瞳孔の散大と対光反射の消失。不可逆的な心停止、および呼吸停止。

死の三徴が確認され、死亡宣告が下される。

「十一月二十七日、午前十時三十八分……。湊 遥(みなとはるか)さん、お亡くなりになりました」

手術台の上に横たわった患者の上にかけられた滅菌布が、ゆっくりと取り払われる。

患者の姿があらわになった。

若い女性だ。女の子と言って差し支えない年齢である。まだ高校生なのに未来を絶たれた少女は、まるで一枚の絵画のように虚ろで痛々しかった。

誰もみじろぎ一つしなかった。だが突然、凪いだ水面のような静寂が破られる。

「研修医、どこへ行く」

指導医の怒声が飛ぶ。俺は無視し、手術台をゆっくりと降りて手術室の出口へと向かった。

「志葉！」

同僚が俺を呼ぶ声が聞こえる。返事はしなかった。そんな余裕はない。

そんなことをしている暇は、俺にはないのだ。

（……まだだ）

そうだ。まだ終わっていない。

この手術室の人間にとって、患者の死亡は青天の霹靂だろう。だが俺にとっては予想通りだった。

いや、予想通り、という表現は間違っているかもしれない。俺はこうなることを知っていた。

何度も何度も、この目で見てきたからだ。

螺旋(らせん)のように巻き戻っては繰り返し続ける日々の中で、俺は数え切れないほど患者が死ぬところを見てきた。

(また、救えなかった)

歯が折れそうなほどに嚙(か)み締(し)める。爪が食い込むほどに手を握る。この痛みを胸に刻み込み、決して忘れまいと誓う。

あと何回、こんなことを繰り返せばいいのだろう。この道をどれほど歩けばいいのかを思うと、心が折れそうになる。

それでも。

お前を救うために、俺は。

(……待ってろ、遥――)

何度同じ時を繰り返しても、医者(俺)は患者(お前)を助け出す。

そうして、俺はまた、過去へと舞い戻る。

いまだ見ぬ、未来へと辿(たど)り着(つ)くために。

Chapter 1　つまり、医者はろくでもない

「医者ってクソじゃね？」

　深夜のナースステーションで椅子にもたれかかり、俺はうんざりしながら頭を振った。

　真っ暗な病棟でも電子カルテ記載用パソコンの画面は煌々と輝いている。患者のカルテを書きながら、俺はグチグチと言葉を続けた。

「なんなんだよこの仕事、割に合わなすぎるだろ。医者は金持ち勝ち組人生なんて言ったのはどこのどいつだ？　労働基準監督署も裸足で逃げ出すブラック労働環境で、残業代も出やしない。昼間働いて当直で一晩寝られなくても、翌日また夜遅くまで病院にいろって言われるしさ。俺の先月の残業時間なんてアレだぜ、余裕で過労死ラインの倍は働いてるぜ」

　就寝時間を過ぎて久しいので、周囲は静かなものだった。俺たちがパソコンのキーボードを叩く音だけが響く。

「さあ帰ろうって思ったところでアホな看護師が『あっせんせー、この薬を薬剤部ま

で取ってきてくださーい』なんて院内電話(ピッチ)かけてくるわけよ。あいつら研修医をパシリか何かだと勘違いしてるんじゃねえのか」

「志葉、うるさい」

横に座る同期が振り向いて俺をにらむ。朝比奈(あさひな)恭子(きょうこ)という名前で、長い髪を無造作に頭の後ろで結んでいる。ただでさえキツい目つきが疲労と睡眠不足によるクマで鋭すぎる光を帯びていた。この女が小児科で研修した際、顔が怖すぎて子どもたちが泣いたのは研修医の間の笑いぐさなのだが、本人に言ったら怒るので黙っておく。

「ウダウダ言ってないで働いたら。睡眠時間なくなるよ」

「そもそも朝の六時から働き始めてまだ病院にいるこの現状がおかしいんだよな」

俺はボリボリと頭をかいた。早く家に帰ってシャワーを浴びたいが、本日中にやらなければいけない仕事はまだまだ山積している。

「心臓外科はキツいとは聞いてたけどさ、これマジで寝られないな」

「いいじゃない。勉強になるし」

「お前のその社畜根性には恐れ入るよ」

「なんか言った？」

「別に」

日本の医師は医師免許を取得したのち、内科や外科をはじめ様々な診療科をローテーションし現場での修業を積むことになっている。この期間がいわゆる「研修医」である。俺は今年の春に都内某大学医学部を卒業し、こうして研修医をやっている。

「だいたいあんた外科希望じゃなかったっけ。だったら外科をローテーションしてる時くらい真面目にやりなさいよ」

「俺は皮膚科か形成外科志望だから。それに将来は悪徳美容外科医になって自由診療でぼろ儲けするって決めてる」

朝比奈は分かりやすく眉をひそめて嫌そうな顔をした。

「美容外科や自由診療が悪いなんて言うつもりはないけどさ。あんたのその、金のために医師免許を悪用しようとする姿勢、本気で軽蔑する」

「使えるカード使って何が悪いんだよ。俺は儲けるためなら『水素水の風呂に浸かればガンが治る』なんてデタラメを吹聴することだって辞さないぜ」

「あんた、なんで医者になったのよ」

「そりゃもちろん金のためさ。あとは偉くなってチヤホヤされたかったってのもあるな」

俺は朝比奈をぴっと指差した。

「今の日本の医者がおかしいんだって。みんなやれ患者を救うため、医学の発展のためって自分を犠牲にして、それが美徳だってされてる。だから病院経営者に『こいつらタダで働いてくれるから目一杯こき使ってやろう』ってナメられるんだよ。俺らだって労働者なんだから、自分が一番得する働き方を選んで何が悪い？」

俺は椅子に深く座り直した。消灯済みの天井を見上げながら俺は吐き捨てた。

「こんな環境で一生働くなんてバカげてるぜ。俺は絶対、勝ち組になってやる」

そう言った矢先、白衣の胸ポケットからピッチがピリリリリと音を立てた。舌打ちしたい気持ちをなんとかなだめつつ画面を確認した。病棟ナースからだ。

「はい志葉です」

『あ、先生？　患者さんがお腹(なか)痛いって言ってるんで、診察お願いしまーす』

「いやこの時間は当直医対応じゃ」

『じゃまた後でかけ直しますねー』

ナースは俺の返事を待たずに通話を終了した。横の朝比奈が、

「ドンマイ」

「……行ってくる」

俺はのそのそと白衣を羽織り直し、緩慢な動作で席を立った。病棟の夜は更けてい

く。

結局その日はあまりに夜遅くなってしまったこともあり、俺は家には帰らず病院で夜を明かした。最近仕事が忙しすぎて数日に一度しか家に帰っていないのが実情だ。研修医が様々な診療科をローテーションして技術を深めていくのは先に述べた通りだ。俺が今ローテーションしているのは心臓血管外科、つまり心臓や全身に張り巡らされた血管の治療を専門とする外科である。

医者というのはざっくり分けて外科系かそれ以外かの二人種に分類される。手術(オペ)をするか否か、の違いと言ってもいい。なぜなら手術というのは器具の使用方法から術前・術後の患者管理に至るまで独特の技能を求められ、これを習得するかそれとも内科的診断学や研究など他の分野に注力するかで、医師としての形がまるで変わってくるからだ。

俺の持論になるが、外科医というのは職人的側面が強い。オペ室の現場で上級医のやり方を見て学び手術の手順とコツを体で覚えるというのは、ペーパーテストで高い点数を取るのとは全く別のベクトルだ。どちらかというと歌舞伎役者や寿司(すし)職人の「徒弟制度」の方が近いように思う。

外科医に気難しい職人肌の人間が多いのはそういう事情も手伝っているのだろう。心臓外科部長の神崎威臣は、まさに昔ながらの外科医という風な男だった。

「小筋鉤を持て」

「分かりました」

手術が開始されてから一時間が経過していた。目の前にはすでに人工心肺に乗せられて機能を停止した心臓がある。鼓動を止めた心臓の表面に走る血管を見つつ、俺は手術のサポートを行う。

筋鉤――鉤爪のような形をした手術器具で、主に筋肉や臓器に引っ掛けて牽引するのに使用する。筋鉤を使って「術野」、つまり手術が行われている部位を見せやすくしようとした俺だが、

「違う。引っ張りすぎだ。組織が裂ける」

「あ、すみません」

暑苦しい手術着に身を包みながら、俺はペコペコと頭を下げる。前に立つ執刀医――神崎は返事もせず、黙々と手を動かし続けた。何か一言くらい言ってくれてもいいじゃんかと内心イラッとしたが、直属の上司に当たる相手にまさか文句を言うわけにもいかず、黙って神崎の指示した通りにオペを手伝った。

　神崎威臣はこの病院の心臓外科部長を務める男で、年齢はざっと四十台の半ばに差し掛かったあたりだろう。最も外科医の技量が充実する時期だ。

　痩せた体躯は鍛え抜かれたボクサーのように引き締まっており、無駄な肉が一切ついていない。蜥蜴のようにえらの張った顔で、落ち窪んだ眼窩にはまり込んだ眼球はぎょろぎょろとよく動いた。

「志葉。……この血管の名前を言ってみろ」

「え？　えーと……分かりません」

　突然の質問だった。答えられずに間抜けな返答をし、ごまかすようにへらっと笑う俺。神崎は鼻を鳴らし、無言で手術に戻った。やらかしたなあと内心で俺は肩を落とす。

　この神崎という男は全国的にも名医として有名な人物で、心臓血管外科医の間では冠動脈バイパス術の神崎威臣の名を知らぬ者はないと聞く。なんでも波場都大学医学部附属病院の教授に就任する話もあったが、手術に専念できる環境ではないからと辞退したとか。大学病院の教授になるために身を粉にして働く医者も多いというのに、贅沢な話だ。

（とはいえ……そんなん、俺らには関係ねーんだよなあ）

はっきり言って、研修医の間では神崎の評判は最悪に近い。何を考えているのか分からない鉄面皮は不気味だし、研修医への指導もほとんどしない。たまに口を開いたかと思えば、注意と駄目出しの嵐で気が滅入る。同期の研修医の女は、

「あんなん医者じゃなかったら絶対結婚できないでしょ」

と陰口を叩いていたが、俺も賛成する。

俺が心臓外科に配属されてもう一ヶ月以上経つが、いまだに神崎とはまともに会話した記憶がない。無口で取っつきづらいうえに指導も厳しいので、俺はこの上司が正直なところ好きではなかった。

手術中の神崎は特に気難しく、少しでも気に入らないことがあるとすぐに研修医を手術から追い出す。一説には、神崎と手術に入った研修医は「出て行け」と言われずに済んだら抜群に優秀である、という話さえある。

俺は手元の術野に視線を落とした。神崎は先ほどから忙しなく両手を動かしているが、その操作が何を意味するものなのか、俺にはさっぱり分からない。

(手術の上手さなんて、研修医には理解できないんだよなあ)

医療ドラマの類ではよく、伝説的技量を持つ外科医がオペをするシーンで医者のみならず患者家族などの素人までが「な……なんて素晴らしい手捌きだ……！」などと

言って感動する場面があるが、俺に言わせればあんなものは嘘っぱちだ。手術の上手いか下手かなんてものを判定するには、見る側にもそれなりに経験が要求される。

俺のような医師免許を取り立てでろくすっぽ手術を見たこともない奴が神崎の手術を見たところで、

「なんかチマチマやってんなあ」

くらいの感想しかない。早く終わってくれねえかなあ、眠い、とあくびをこらえながら術野にあふれた血を緩慢にホースで吸引する。

その時、ぴたりと神崎の手が止まった。俺は顔を上げて神崎を見る。

「志葉」

「あ、はい。なんすか」

「動きが愚鈍だ。手術の邪魔になる」

神崎はゴム手袋に包まれた人差し指をぴっと手術室のドアに向けた。

「出て行け」

神崎の言うことを咀嚼するのには数秒の時間が必要だった。ややあって、俺は小さく頭を下げ、緩慢な動作で術野から離れた。

ゴム手袋を取り、一足早く手術室から退場する準備をしながら神崎をちらりと見る。

神崎は何食わぬ顔で手術を続行していた。俺やっぱりこのオッサン嫌いだわ、と心中で悪態をつきながら俺は手術室を出た。

この春、俺は医師免許を取得して医者になった。やっと憧れの医者になれた、さあ世のため人のため頑張るぞ——なんて気持ちはサラサラなかったし、長い長い気楽な学生生活がついに終焉を迎えたことに辟易する思いばかりが募ったが、いざ実際に働き出すとそんな感慨にふける余裕もすぐに失せた。

医者というのもとどのつまりは接客業で、お客様の顔色を見ながら仕事をすることは避けようがない。

「点滴は嫌だ！　通院もしたくない！　この場で今すぐ治せ！」とゴネる患者をなだめすかして薬を飲ませることなどザラだし、金曜夜の救急外来に酩酊して救急車で運ばれてきた酔っ払いの罵声とゲロを浴びた回数は両手で数えられないほどだ。

必然的に俺たち医者は患者のご機嫌を取ることも主要な業務になる。気難しい患者の元に回診に行く時など、何を言われてもいいように覚悟を固めて病室の扉を叩くことになるわけだ。

その日の俺は、まさにそういう状況に立たされていた。無闇に眩しい朝日が爽やかに病棟へと差し込むのとは裏腹に、俺の心中は暗雲に満たされていた。

「ああ……会いたくねえ……」

とある病室の前に立ち止まり、キリキリと痛む胃を押さえる。何度か深呼吸を繰り返したあと、取っておきの営業用スマイルを貼り付けて俺は病室の扉を開く。

「遥ちゃん、おはよう」

病室の中に冷えた秋の風が吹き込んだ。カーテンがそよぐ。

「うわ」

嫌そうな声が聞こえる。いつも通りの反応だった。

手広な個室には大きなベッドが一つ据えられており、その上に座っているのは一人の少女だった。

綺麗な子、なのだろう。薄い唇や切れ長の目は美醜に疎い俺でも分かるほどに整っているし、他の入院患者や看護師たちが噂しているのを聞いたこともある。大きな瞳は吸い込まれそうな深い色で、どこか浮世離れした雰囲気がある。

しかし一方で、への字に結ばれた口や不機嫌そうにひそめられた眉からはいかにも生意気そうな空気が漂っていた。

テーブルの上に置かれた大学受験用の参考書からも分かる通り、彼女は今年で高校三年生になったはずだ。入院患者用のゆったりした小豆色のパジャマを着ていて、左手のリストバンドには「湊遥」とふりがな付きで名前が書かれていた。

俺は努めて明るい声で話しかけた。

「今日は体調どうかな?」

「最悪」

「あれ、どうしたんだい」

「朝からヤブ医者の顔を見て不快なの」

(この女……)

遥は何度か入退院を繰り返しており、知り合ってからかれこれ数ヶ月は経つ。俺は担当医として彼女の面倒を見てきたのだが、どうも嫌われているらしく毎日こんな感じだった。

(勘弁してくれよ、全く……)

医者になって以来色々な患者を見てきたが、その中でも遥は飛び切りに面倒な患者だった。今では診察のたびに気が滅入る始末である。

とはいえ相手は高校生、ここは大人の余裕を見せつけていきたい。俺は落ち着いた声で言った。

「心臓の調子はどうだろうね。胸の音を聞きたいから服を上げてもらってもいいかな」

「セクハラじゃん。絶対ヤダ」

「いやこれは診察なんだけど」

「ロリコン。私に触ったら通報するからね」

そろそろ俺も怒りで余裕がなくなりそうである。

その後も嫌だ嫌だと喚く遥をなんとかなだめすかし、俺はやっと聴診器を胸に当てることに成功した。毎朝こんな感じで、いい加減慣れてくれよと心の中でため息をつく。

「……ん……」

「ちょっと、いつまでおっぱい見てるの？　あんたマジで通報――」

「黙ってて」

遥はむすりと不満そうな顔をしたが、それ以降はじっと診察を受けていた。この辺に素直さが残っているあたりは可愛げがある。

（……心音は正常だ。ただ……）

聴診器を胸から腹部に移動させる。お腹の中心に聴診器を当てると、正常な腸雑音に混じって、水が流れるようなサーッという異音が聞こえている。正常な人間では聞こえないはずの異常所見だ。

（腹部血管雑音（ブルイ）……まだ聞こえるか）

俺は聴診器を白衣のポケットにしまった。顔を上げると、じっと遥が俺を見ていた。

「どうしたのかな」

「私の体、どうなの」

俺はそっと唾を飲んだ。内心の動揺を悟られないよう、たっぷり時間をかけて言葉を練り上げる。

「大丈夫だよ。手術までもう少しだ、頑張ろうね」

何が「大丈夫」だ――と心の中で自分を鼻で笑う。だが致し方のないことだ。

この子が背負った運命は子どもには重すぎる。せめて、周りの大人は平気なフリをしてあげるべきだろう。

どこに出しても恥ずかしくない営業用スマイルを浮かべる俺を遥は一瞥（いちべつ）したあと、

「ヤブ医者。ちょっとこっち来て」

「ん、どうし――」

「それっ」

あろうことか、朝食のデザートであるミカンを俺の目元で搾り上げ汁を飛ばしてくる遥（クソガキ）。ミカン汁は眼球結膜に散布され、あまりの痛みに俺は悶絶（もんぜつ）した。

「おおおお、染みる！　マジで染みる！　死ぬ！」

「アハハハ」

ケタケタ笑う遥。このガキいつか痛い目見せてやると思わず吐き捨てそうになるが、まずは目を洗おうと俺はほうほうの体で身を翻した。

「………フン」

病室を去る時、遥は俺を一睨（ひとにら）みしてそっぽを向いた。その顔はどこか憂いを帯びていたように見えたが、とにかく目が痛かったので俺はそそくさと病室を後にした。

ある程度以上の規模の病院では、夜間でも外来を開放し患者の診療を行（おこな）っている。病気というものはいつやってくるか分からない。えてして重病や急病の類は、夜遅くてクリニックが閉まっている時に限って発症して具合が悪くなるものだ。

そんな急患に対応するために開設された二十四時間受付体制の窓口が、いわゆる「救急外来（ホットライン）」である。俺が勤務する波場都大学医療センターでも、徒歩受診（ウォークイン）から超緊急症例まで手広く診察可能な救急外来を開いている。

以前大学の友人にこの話をしたところ、彼らは畏敬の込もった眼差しで俺を見た。

「すごいな、志葉もちゃんと医者やってるんだ」

「ホットラインってあれだろ？　心臓麻痺とか、交通事故とか来るんだろ？　めっちゃ大変じゃん」

「かっこいいな、志葉」

次々と称賛の言葉を投げかけてくる彼らに、俺はきょとんとして言った。

「は？　アホかお前ら」

確かに救急外来では俺たち研修医も診療に当たる。というか、夜間帯の診療なんて慢性的な人手不足で、研修医にも手伝ってもらわないと運営が回らないというのが実情だ。

だが救急外来の真骨頂――生命の危機に瀕した重症症例の対応に当たるのは経験豊富な上級医たちだ。考えてみれば当たり前の話で、もし俺たちのようなぺーぺーを最前線に出してしまったら、

上級医「おい志葉！　挿管するぞ！　チューブ用意しろ！」

俺「え？　どこにあるんスかそれ？」

看護師「志葉先生！　心臓マッサージする場所が違います！」

俺「マジ？　すんません」

患者「ウッ」（心肺停止）

なんて状況になりかねない。訴訟待ったなしである。俺たち研修医が見るのはもっと軽傷な症例だ。

その日、救急外来の片隅にしゃがみ込み、俺はとある患者と向き合っていた。

「おおぉぉい！　そこのお前！　何こっち見てんだよ、おお？」

酒臭い息を吐き散らしながら、救急外来のベッドに横になった男が唾を飛ばして怒鳴る。俺は顔面に吹き付けるアルコール臭に辟易しながら、男の腕をさわさわとまさぐる。別に変なことをしようとしているわけではない、点滴の針を留置する血管を探しているのだ。

「はい、じゃちくっとしまーす」

「ちく？　何の話だ？」

何が起きているのかもよく分かっていなさそうな酔っ払いのおっさんを脇目に、俺は勢いよく点滴の針を差し込んだ。おっさんが、

「い…………ってええええええ！」

と外来全体に響き渡る声を出す。俺は「動かないでくださいねー」と声をかけつつ針を進め、血管の中に点滴針(ルート)を留置した。

救急外来には定期的に、こういう前後不覚になった酔っ払いが搬送されてくる。自分の名前も言えないぐらい酔っていたり、人によってはスタッフに暴力を振るったりするので敬遠されがちだが、救急隊に「もう五件の病院で断られていまして……」と泣きつかれては受け入れざるを得ない。

「歩けなくなるまで飲むんじゃないよ、ったく」

俺はボリボリ頭をかきながらこっそり一人ごちた。

「じゃ、点滴始めますよ。吐き気止めも入ってます。気分が楽になったら、また話を聞かせてもらい――」

「……うっぷ」

おっさんの顔がすっと青ざめる。不穏なものを感じた俺は慌ててビニール袋を差し出したが、

「ヴェッ！　オッ！　ヴォロロロロロ！」

遅かった。ビチャビチャビチャビチャと聞いているだけで気が滅入る音を立てなが

ら、吐瀉物が救急外来の床に落下し飛散する。最低なことに、いくらかのゲロは俺の白衣にも飛び散っていた。

とても一人では掃除しきれないのでゲロ処理の応援を求めて看護師さんを呼んだら、

「なんで近くにいるのにちゃんとゲロ袋で受け止めてないんですか！　掃除する人の身になってください！」となぜか俺が怒られた。

釈然としない思いを抱えつつゲロを掃除すること数分、平和な高鼾をかき始めた酔っ払いを恨みがましくにらんだあと、少し仮眠を取るかと俺は白衣を脱いで伸びをする。しかしその時、見計らったようにナースステーションの看護師が俺に声をかけてきた。

「志葉せんせー。今外来が混んでて看護師の手が回ってないんで、採血を手伝ってくださーい」

マジかよと俺は膝から崩れ落ちそうになる。俺はおずおずと言った。

「あの、採血するのはいいんですけど、それならどなたか介助についていただけませんか。一人だと時間がかかりますし」

「えー……」

看護師は電子カルテから目を離して俺に向き直り、露骨に嫌そうに顔をしかめる。

「今は手が空いてる看護師がいないので無理です」

俺はちらりとナースステーション奥の控え室を見た。数人の看護師がソファに座り、クッキーをつまみながら談笑している。

「あの人たちは」

「彼女たちは休憩中なんで介助は無理です」

看護師はピシャリと言った。

「先生もう働き始めて半年経ってるでしょ？　採血くらい一人でやってよ」

話は終わりだとばかりに手を振る看護師。俺はしょんぼりと肩を落としながら採血の準備を始めた。


なんとか採血を終えカルテも書き、今度こそ寝るぞと俺はナースステーションを鼻息も荒く後にしようとした。しかし救急外来の出入り口を潜ろうとした瞬間、周囲に怒声が響き渡った。

「ふざけるな！　お前、人をなんだと思ってるんだ？　ああ？」

振り返ると、ナースステーションの前で中年の男が顔を真っ赤にしていた。男の前には白衣を着た女が不機嫌そうな顔をして立っている。

（朝比奈……何やってんだよ）

今夜、俺と一緒に当直に入っている朝比奈だ。ただでさえキツい目つきが寝不足と苛立ちでいよいよ殺人犯じみたものになっている。朝比奈は無言で中年男を見上げているが、その様子がカンに障ったのか、中年男はさらに声を高ぶらせる。

「検査検査っていつまでも時間ばかりかけやがって！　その挙句に帰れだと？　こんな年寄りの面倒を見るのがどれだけ大変だと思ってる！」

中年男の横には車椅子に座った老齢の男がいた。どことなく顔が似ているところから察するに、中年男の父親だろう。額にガーゼを当てているところを見ると、ふらついて家の中で転倒し前額部を打撲、家族に連れられて救急外来を受診、というところだろうか。よくあるパターンだ。

朝比奈が押し殺したような低い声で言った。

「だから、何度も説明してるじゃないですか。頭部ＣＴでも明らかな問題はないし、診察上も異常ありません。家に帰って経過を見るべきです」

「じゃあ家に帰って何かあったらあんたら責任取れるのか？　絶対に何も起きないって保証できるのか？」

「無理です。時間が経ってから症状が出てくることもあるから、その場合はまた受診を──」

「だったら入院させろって言ってんだよ！」

男が唾を飛ばして怒鳴る。なんだなんだと周囲のスタッフたちが集まってきた。

「最近ボケてきたと思ったら階段から落ちて頭打ったなんて言われて、こっちはもう散々なんだよ！　俺は仕事だってあるんだ、年寄りの面倒なんて見てられないんだよ！」

なるほど、と俺は内心で納得する。近年の高齢社会の煽りを受け、介護に悩む家庭は多い。そういう人たちが病院に来ると、「しばらく入院して預かってもらえないか」と相談されることが時々あるのだ。ショートステイや老人ホームなどの介護サービスは高額で、場所によっては順番待ちでなかなか入所できない。

いくら親とはいえ、認知症が進み家庭内で暴力を振るったり、手足が動かなくて排泄物の処理をしなくてはいけないとなると、家族が音を上げるのは無理からぬ話だ。

とはいえ、ここまで強硬な態度で入院を要求する人物はさすがにクレーマーでしかない。止めに入ろうか悩む俺の前で朝比奈が、

「それはあなたの家庭の問題で、病院が解決するべきことではないです。入院適応がない以上、入院させることはできません」

容赦無く切り捨てた。それはまずいよ、と俺は頭を抱えそうになる。そんな風に言ったら患者はますます怒るだけだ。どうもこの朝比奈という女は、正しいと思ったことを遠慮せずに言ってしまう悪癖がある。

案の定、中年男はますます顔を赤黒くした。男はドスの利いた声で言った。

「お前、研修医だな？」

「……だったら、なんなんですか」

「お前みたいな下っ端じゃ話にならん！　院長を呼べ！」

「この時間ですから、院長は不在です」

「だったら電話して叩き起こせ！　こっちは客だぞ！」

男の言葉に対して、朝比奈は不快感を隠しもせずに吐き捨てた。

「そもそも、あなたがちゃんと家で介護してないからこんなことになるんじゃないですか」

「なんだと」

「カルテを見ましたが、同じような経緯で何度も当院を受診してますよね。あなたがちゃんと親の面倒を見てないから、こうして怪我(けが)をして病院に来なきゃいけないんじゃないですか」

あっやばい、と思った。

中年男は引きつけを起こしたかのように白目をむいたあと、拳を握り締めて朝比奈に殴りかかった。

「朝比奈！」

反射的に体が動いた。俺は朝比奈をかばうように、男と彼女との間に割り込み、そして、

「――志葉!?」

目の前で星が瞬いた。男の拳はものの見事に俺の鼻の付け根にクリーンヒットし、口の中いっぱいに血の味が広がった。

悲鳴を上げる看護師やら駆けつけてきた警備員やらで蜂の巣をつついたような騒ぎになる救急外来で、俺は鼻を押さえながらこそこそとその場を後にしたのだった。

休憩室で鼻を押さえて休むことしばし、止血を確認して俺は救急外来へと戻った。

さっきは阿鼻叫喚の様相を呈していたが、今は静かなもので、誰かの心電図モニターが波形を刻む音だけが聞こえる。

ナースステーションの方へ目をやると、朝比奈が電子カルテに向かって何かを打ち

込んでいるのが見えた。朝比奈は俺を見て、

「おはよう」

と気の無い声を出した。俺は朝比奈に言った。

「お前、大丈夫だったのかよ」

「あのあと、事務の人が取り押さえて警察呼んでくれたわ」

参っちゃうわよね、と朝比奈は肩をすくめる。

「お前も問題あったよ。あんな風に突き放されたら、誰だって腹が立つ」

俺がそう指摘すると、朝比奈は納得できなさそうにぶすりと口をへの字にした。

しばらくの間、朝比奈が電子カルテを操作する音だけが響いた。ややあって、

「志葉ってさ」

「ん？」

「自分じゃなくて私の心配するんだね」

俺は目をぱちくりさせた。

「まあ……言われれば、確かに」

鼻血なんて別に放っておけばそのうち止まる。あれだけ興奮し暴力的になっていた患者に朝比奈が酷(ひど)い目に遭っていないかの方がよほど気になった、というだけのこと

なのだが。

朝比奈が立ち上がり、白衣の襟を正した。

「もう朝回診始まるよ。行こう、志葉」

「え、そんな時間？」

慌ててスマホの時刻を確認すると、確かに午前七時からの朝回診まで間もなかった。救急外来の窓からは朝日が差し込んでナースステーションを照らしている。俺はいそいそとティッシュで鼻の下をこすり、こびりついた血を拭った。

「あれ、そう言えば俺の白衣は？」

きょろきょろと周囲を見回す。朝比奈が無言で救急外来の片隅を指差した。

俺の白衣は他の衣類に混じってゴミ箱にブチ込まれていた。なんだか酸っぱい不快な臭いが漂ってくる。酔っ払いの患者が俺の白衣にゲロを吐いたことを、俺は今更思い起こした。ゲロまみれになった白衣をそっとゴミ箱に戻しながら、俺はげんなりとうめいた。

「……やっぱり、医者ってクソだわ」

波場都大学医療センターは東京の西側に位置する総合病院で、だだっ広い敷地(しきち)の中に幾つかの建物が横並びになっている。俺が今所属している心臓血管外科の病棟では朝の採血は研修医の仕事となっており、俺は毎朝採血の針やらシリンジやらがごっそり詰まった袋をサンタクロースよろしく背負ってあちこちの部屋を回っている。

採血のため部屋を訪れた俺を出迎えたのは、心の底から嫌そうな顔をして俺をにらむ遥の姿だった。しかし、いくら採血が嫌とはいえ、針を構え血管を探している横でやいのやいのと文句を言われては気が散るというものだ。

「ちょっとちくっとするよ」

「あんたの採血が『ちょっとちくっとする』で済んだことないじゃない。いつもいつもブスブス刺し直しまくるくせに。ヘタッピ」

「……はいじゃちょっと我慢してね」

わずかに皮膚の表面に浮き出た血管を狙い針を刺す俺。遥があからさまに顔をしかめた。

「あ、痛い！　痛い！　ちょっと、さっさとしてよ」

「いやあ、君の血管は細いからなあ……」

「聞き飽きたわよそれ、あ、腫れてきた気がする。あーあーあー！」

（うるせえ……）

ギャーギャー騒ぐ遥を無視して俺は針を進めた。針先にちろりと赤い血液が引けてくるのを見て、俺は胸を撫で下ろす。

シリンジを引き、血液を集めていく。ほどなく採血は終了し針を抜いたが、遥はぶすっとしてむくれたままだった。

「採血なんてしなくていいのに」

「君の体のためだろ」

「もっと上手にやって。痛みを感じないくらいに」

「採血に慣れたベテラン看護師さんに頼むことはできるけど」

「……やだ」

「じゃあ俺が採血するしかないな」

遥は恨みがましく俺を見たあと、ふいと顔を逸らした。遥は窓の外を眺めながらぽつりと言った。

「いい天気」

俺も窓の向こうに目を向けると、陽光がきらきらと朝の病院を照らしていた。遥の病室からは病院の中庭が見えていて、若い女性が何人か並んで歩いている。看護師だろう、真っ白な制服が日光に照らされてよく映えていた。

「晴れてると、腹が立つ」

「独特の感性をお持ちで」

二十四年間生きてきたが、晴天だと怒りを感じる人間には会ったことがない。遥は親の仇を見るような目で空を見上げながら、

「晴れてると、お出かけしてる人をたくさん見るから。病室に閉じこもって美味しくない病院食を食べて決まった時間に薬を飲まなきゃいけないのは、私だけ」

俺はなんと言ったものか分からず、黙って遥の言葉を聞いていた。

「私がいなくても世の中は動いてて、私だけが置いてけぼりなのを見せつけられてるみたい。だから、晴れてる日は嫌い。楽しそうに歩いている人を見るのが嫌い」

なんとなくではあるが、遥の言うことは俺にも理解できた。

本来、遥は高校生として青春を謳歌しているはずの年頃だ。食べたら糖尿病になりそうなデカいパンケーキを友達と食べに行ってインスタに写真を上げたり、受験や将来の進路について悩んだり、クラスのちょっとイケメンの男と仲良くなりたかったり、そういう、普通の生活を送りたいはずだ。

だが湊遥にそれは許されない。病院という牢獄で治療を受けなくてはいけない。

俺はちらりと病室の隅を見た。遥が入院したばかりの頃はクラスメートが見舞いに

よく来て菓子や花を置いていったと聞いているが、俺が担当医になってからはそういった光景を見たことはない。

疎外感を覚えて気が滅入るのは、当然のことだろう。俺は励ましの言葉をかけようと口を開くが、それより先に遥が言った。

「ねえ、ヤブ医者。私、外に出たい」

「……この病院の中なら大丈夫だよ。看護師さんには一声かけてね」

「ヤダ。病院の外に出たい」

「それはちょっと」

「言っとくけど、ダメって言われても抜け出すからね、私」

遥は悪びれもせずに言った。勘弁してくれと頭を抱える。しばらく悩んだのち、勝手に抜け出されるのが一番困るという結論に至り、俺は深々とため息をついた。

「――俺もついていく。遠出はしない、病院の近くだけだ。看護師には内緒だぞ」

遥の顔がぱっと明るくなった。ベッドから身を乗り出し、俺の手を握る。

「ありがと、ヤブ医者！　いいとこあるじゃん」

心底から嬉しそうに笑う遥。どうか師長にバレませんようにと思いながら、俺は苦笑いを返した。

うちの医療センターは吹けば飛びそうな安普請のボロ病院だが、ここ最近はさすがに経営陣も重い腰を上げて改築をする方針としたらしく、敷地の一部は灰色のシートに囲まれて工事が行われている。普段は工事関係者以外は近づかない区域で、俺も入職以来初めて訪れた。

勝手知ったる風にのしのし歩く遥について歩くこと数分間、俺は遥に声をかけた。

「どこまで行くんだ」

「もうすぐだから。四の五の言わずに歩いて」

そのうち、工事の音も遠くなった。俺たちが歩いているのは病院敷地の端っこ、小高い丘のようになった場所だった。ところどころ雑草が生い茂り、長らく人の手が入っていないのであろうことは容易に想像できた。

道の両脇には楓（かえで）の木が並んでいて、紅葉で色づいた葉がそよそよと揺れている。緋（ひ）色（いろ）のトンネルの中を、俺と遥は歩いていく。

（こんな場所があったのか）

病院で働き始めてもう半年近いが、この辺りに足を踏み入れたことはなかった。

さらに道を進むと、古ぼけた石畳の階段が見えた。段差を上りつつ、そろそろ帰ろうと声をかけるタイミングを見計らっていた俺だが、唐突に足を止めた遥が「着いた」と言った。俺はぽかんとして口を開ける。

「……神社?」

俺の身長と同じくらいの小さな鳥居に、手狭なアパートくらいの広さしかなさそうな本殿。鳥居の両脇には石造りの狛犬(こまいぬ)が「がおー」とでも言い出しそうな愛嬌(あいきょう)のある顔を見せている。枯れ葉がかさりと足元で音を立てた。

「ここに来たかったのかい」

「そ。たまに夜中にこっそり病院抜け出した時に来てる」

さらりと俺の胃が痛くなりそうなことを言った遥は、当然のような顔をして本殿の引き戸をガラリと開け、靴を脱いで中に入った。

「お、おい。怒られるよ」

「神主さんには許可取ってるから」

絶対嘘だろと言いたくなったが、遥はすでに木造の床にごろりと寝転んで「んー」と伸びをしている。

「何やってるのヤブ医者。かと思うと、早くこっち来なよ」

「いや、俺はそういうのは……」

「言うこと聞かないと、あんたの回診の時の態度が悪いって師長さんにチクるから」

　こいつ俺が嫌がることを完全に把握してやがる、と渋い気持ちになる。ややあって、俺は本殿の桟に腰掛け、そのままごろりと後ろに倒れ込んだ。

「……涼しいな」

　日陰だからだろうか、まるで透明な瓶の底にいるような澄んだ冷たさが肺に流れ込んだ。横にいる遥はぼんやりと天井を見上げている。古い建物のように思えるが蜘蛛の巣の一つもないあたり、誰かが掃除しているのだろう。

　ちらりと腕時計を見ると、朝の十時を少し過ぎたところだった。こんな時間に寝っ転がっているというのはここしばらくなかった経験で、俺は当直後の疲れもあって急に目蓋が重くなってくるのを感じた。

（やべ。眠い……）

　急激に思考が曖昧になっていく。抗うこともできず目を閉じた。

　どれほどそうしていただろう。遥が俺を呼ぶ声が聞こえて、俺は目覚めた。

「おはよ、ヤブ医者」

「……俺、寝てた？」

「とてもよく」

やっちまった、と俺は額を押さえる。むくりと体を起こすと、体のあちこちに泥のようにこびりついていた疲れが取れているのが分かった。すっかり寝て体力を回復してしまったらしい。気分は爽快だったが、それはさておき俺が不在の間どれほど仕事が溜まったかを考えると背筋が凍る思いがした。

「ねえ、ヤブ医者」

「何？」

「私の手術、いつになったんだっけ」

「来週だね」

「受けなかったら、どうなるの」

俺は頭を動かし、遥の顔を見た。目が合う。遥は無表情でじっと俺を見つめていた。静かな威圧感があって、気圧されそうになる。

「なんでそんなことを聞くのさ」

「知りたいから」

曖昧にお茶を濁して逃げようかとも考えた。しかし最終的に、俺は正直に答えることを選んだ。

ここで嘘をついたら、二度と遥は俺を医者と認めてはくれないだろう、という妙な確信があったからだ。

「分からない」

　俺は言葉を選びながらゆっくりと言った。

「君みたいなケースは珍しいんだ。同じような症例を集めて、何パーセントの確率で治って、これくらいの確率で死ぬ、なんてことは言いようがない。ただ……放っておいたら危ないことは間違いない」

「命に関わるってわけ？」

「ああ。もし何かの拍子に心臓が止まれば、間違いなく致命的だ」

　遥は苦虫を嚙み潰したような顔をして、再び天井を見つめ始めた。

「うちの親がさ」

「ん？」

「最近やたら優しいのよ。昔はやれ遊ぶな勉強しろもうすぐ受験だぞ、みたいな感じで鬱陶しくてたまらなかったんだけどね。最近は何か欲しいものはないかとか食べたいものはないかとか、至れり尽くせり」

「良かったじゃないか。優しい親御さんだね」

「良くない。うちの母親なんて半分泣きながら、『遥ちゃんは何も悪いことしてないのにね、ごめんね』なんて言ってくるのよ？　まるでもうすぐ私が死ぬみたいじゃない」

　ケッ、と唾でも吐きそうな勢いで遥は口を歪めた。

「私、部活でバドミントンやっててさ。こう見えて結構上手いのよ、都大会で準優勝するくらい。高校生の間に全国行きたいって本気で思ってた。でもこの病気になってからはとてもそんなの無理になった」

　最低、と遥はつぶやいた。

「ねえ、ヤブ医者」

「うん？」

「彼女いる？」

　俺は数秒間硬直したのち、ようやく遥の質問の意味を理解した。

　結論から言うと、俺は交際相手は特にいない。だが正直に申告するのも恥ずかしかったし「えっ……二十四にもなって彼女いないの……？」的な反応をされるのも嫌だったので、少々お茶目な見栄を張ることにした。

「いやもう俺くらいになるとアレよ。モテまくりよ」

「目が泳いでるよ、ヤブ医者。まあ、あんたを好きになる物好きな女はいないか」

見栄は速攻で看破された。俺は言い訳のように言う。

「いやいやいや、医者ってモテるんだぞ。看護師さんからは頼りにされるし」

「私はあんたが師長さんから怒られてるところしか見たことないけど」

「お金持ちだし」

「あんたが残業代が出ないことに文句言ってるの、私知ってるからね」

「知的な人ばかりだし」

「本当に知的な人間は、彼女がいるなんてすぐにバレる嘘はつかない」

ぐうの音も出ない。俺はもにょもにょと意味のないことをつぶやく。

「じゃあさ、ヤブ医者」

遥がなんでもないことのように言った。

「私と付き合ってみる？」

時間が止まった気がした。

からかわれているのか、とまず考えた。遥の提案は唐突で脈絡がない。動揺する俺を見て遊んでいる可能性がある。この子ならやりかねないだろう。

耳に痛いほどの沈黙が続く。俺は目をぱちくりさせながら遥の顔を見た。遥は慌てた様子でパタパタと手を振る。

「そんな重く考えなくていいからさ。なんてーか、お試し？」

俺は自分が遥と二人でおしゃれなカフェに行ったり遊園地に行ったりするところを想像し、次に遥の提案を本気で受け止めている自分に気付いた。

(何マジになってんだよ、冗談に決まってるだろ)

しかし、万が一、いや億が一、遥の提案が本気のものだったら？　湊遥が、俺との交際を心底から望んでいるとしたら？

心拍が速くなるのが分かった。心臓の音が聞こえる。

客観的に見て遥は可愛い部類だし、利発なところがある。交際相手としては悪くないのではないか。

そんな邪な考えがむくむくと頭の中にもたげる。だが俺は、

「いやいや、大人をからかうんじゃないよ」

取り繕うように明るい声を出し、笑った。

(現実的に考えてみろって。患者の可愛い女の子と付き合うなんて、アホ医大生の妄想かよ。ここで「アッアッ、付キ合イタイッス」なんて言ってみろ、「なに本気にし

てんだキモッ」ってなるのが目に見えてる）

もし遥の冗談を真に受けてキモい行動をしたことが病棟に広まれば、明日から俺の居場所はなくなるだろう。朝比奈が土曜朝の路傍のゲロを見るような目で見てくることが容易に想像できる。

（危ない危ない。身を持ち崩すところだったぜ）

体を起こし、営業用スマイルを貼り付けて遥に向き直る。遥はそんな俺を一瞥し、

「……バーカ」

小声でそう言ったあと、乱暴な足取りで本殿の外に出て靴を履き始めた。

「帰るのかい」

「そうよ」

遥はスタスタと歩き出した。俺は慌てて後を追うが、

「ついてくんな！」

振り向きざまに遥が怒鳴った。肩をいからせ、早歩きで進む遥。なんなんだよとげんなりしつつ、俺は遥から距離をとって歩き出した。

さてどれほど時間を潰してしまったのかと思いながら、俺は腕時計を見た。神社の中で眠り込んでしまう前に時計を確認した時は、確か朝の十時くらいだった。

（あれだけしっかり寝ちまったからなあ……もう昼時だろうな）

そう思った俺だが、

「あれ？」

首を傾げる。時計が示す時刻は午前九時を過ぎたところで、明らかに記憶とは食い違っていた。時計が壊れたのかと思いスマホを確認したが、やはり同様の時間が表示されていた。

（勘違いしたのか？　実はもっと早い時間に神社に着いてたってことか。いやでも、確かに……）

釈然とせず、もやついた気持ちを抱える。しかし、いつの間にか前を歩く遥がだいぶ距離の離れた場所にいることに気付き、俺は思考を打ち切って慌てて後を追った。

「医者に人権はない」と以前に先輩が言っていたことがある。

「真夜中に病棟の薬がなくなったら取りに行くのは君だ。当直明けの朝に午前六時から患者の採血をして回るのは君だ。救急外来で酩酊して暴れる患者を殴られながら取り押さえるのは君だ。クレーマーが来たら頭を下げるのは君だ。患者が急変した時、それが医学的に全く仕方のないことだったとしても、謝るのは君だ」と。

「そんなのおかしいじゃないですか」と、確かそんなことを言い返した気がする。医者だって人間だ、やれることに限りがあるし、ミスをすることもある。そんな、ありとあらゆることの始末をつけることなんて、できるわけがないじゃないかと。

「仕方ないだろ。君がいいとか悪いとか、正しいとか間違ってるとか、そういう問題じゃない。日本の医療っていうのはそういう仕組みなんだから」

覚えておきなよ、志葉——と、その先輩は寂しそうに笑った。

「医師免許を取った瞬間に、君は人じゃなくなるんだ。君は医療の奴隷になるんだよ」

時々、その言葉を折に触れて思い出す。彼女はあの時どんな気持ちだったのだろうと、追憶の森を手探りで歩く。

ちなみになんで俺が急にこんなことを言い出したのかというと、薬の処方や点滴の調剤などの職務を終えないまま無断で病棟を不在にしていたために、遥との外出から帰ってくるなり待ち構えていたらしい看護師から激詰めされている最中で、ナースステーションで縮こまりつつ半ば現実逃避気味に「医者ってなんなんだろう」なんてことに想(おも)いを馳(は)せているからだ。

「志葉先生さあ。仕事もしないでどこ行ってたわけ？」

俺の前に仁王立ちした看護師は、こめかみに青筋を浮かべて押し殺した声を出した。薄い桃色のナース服には高峰淳美と名札が付けられている。湊遥の担当看護師であり、俺がこの病棟で最も恐れている人物でもある。

「ピッチも繋がらないし。処方が切れてた患者さん、結局薬まだ飲めてないんだけど」

怒りを滲ませつつ俺を見据える高峰さん。しかし俺としても反論はある。遥の散歩に付き合わされていたのだ、やむを得ないではないか。それに、そもそも薬が切れていることとの連絡が遅かったことが処方が間に合わなかった原因だ、看護師側にも責任がある。

最近病棟で看護師の皆さんの態度が横柄になりつつある。ここは一つビシッと言っておくべきだ。俺は居住まいを正し、

「高峰さんさ、俺にだって事情があるし、どうしても他の用事で手が離せないこともある。落ち度は俺にだけあるわけじゃ」

「あ？」

「なんでもないです。すみません」

俺は肩を丸めて小さくなった。

高峰さんは俺と同じくらいの年齢にもかかわらず、歳(とし)の割に妙な威圧感がある。以前に高峰さんが高校生の頃の写真を見せてもらったのだが、写真の中の彼女は髪をピンクに染めていて、挑発的に舌を出してカメラに向けて中指をおっ立てていた。どう見てもチンピラだった。

高峰さんはひとしきり文句を言ったあと、研修医は看護師の指示に従うこと、研修医は看護師を敬う社会的責任があること、研修医は病院のヒエラルキーにおいて最底辺のミジンコ同然の存在であること、医療の中心を担うのは看護師であること、看護師を崇(あが)め奉ることがあらゆる業務の円滑化と患者満足度の向上に寄与することは疑いようがないことを俺に延々と言い続けた。

ようやく高峰さんから解放され、俺は電子カルテの前にどさりと腰を下ろす。横に座る朝比奈が気の毒そうな顔をして俺を見ていたが、返事をする気力もなかった。

「働いてるとさ、偉そうな看護師やムカつく上司を片っ端からブン殴って仕事辞めたくなる時ない？」

「あんた急に何言ってんの」

山のように積み上がった仕事になんとかメドを立てた俺は、病棟でカルテを書いていた朝比奈を誘って院内のコンビニまで来ていた。

日本全国に展開する大手チェーンのコンビニだが、この病院内ではコーヒーやエナジードリンクといったカフェイン含有量が高いものを多く売っている。当直室のゴミ箱には缶コーヒーやらモ○スターやらの空き缶がぎっちり詰まっているのをよく見るので、このコンビニで売っている飲み物は大体医者の腹に収まるのだろう。

俺は派手な装飾のエナジードリンクを一本取り出し、ついでに遅すぎる昼食代わりのおにぎりを二つ手に取った。レジに並びつつ俺はグチグチと朝比奈に文句を垂れる。

「仕事辞めてえ……退職金十億ぐらいもらって辞めてえ……」

「はいはい」

肩をすくめる朝比奈。俺はおにぎりとエナジードリンクの入ったビニール袋を提げ、病棟に戻ろうとする。

だがその時、白衣の胸ポケットに入れたピッチが甲高い音を立てて着信を知らせた。なんだよ俺はこれからおにぎりを食べるんだよとイライラしながら通話ボタンを押す。

「はい志葉です」

『あ、志葉先生？　高峰ですけど』

看護師の高峰さんだった。看護師から連絡が来た時は厄介ごとを押し付けられる時だと相場は決まっている。さて今度はなんだと俺は身構えた。

（処方依頼か？ 点滴のオーダー切れてたか？ 入院中の患者の様子がおかしいのか？ 急ぎの用事じゃないといいなあ――）

だが相談の内容は俺の想像とは異なるものだった。戸惑ったような声を出す高峰さん。

『遥ちゃんが部屋にいなくって、お昼も手付かずなんだよね。先生、何か知ってる？』

はて、と俺は首をひねった。特に今日は検査の予定もなかったはずだ、長時間部屋を不在にする用事があるとは思えない。

『売店にもいないみたいだし。そろそろバイタルも測りたいし、帰ってきてもらいたいんだけどね』

高峰さんはハァーッとため息をついた。俺は手元のビニール袋に入ったおにぎりを何度か見たあと、おずおずと言った。

「あの。遥を探すということなら、良かったら俺も手伝いましょうか」

『ホント!? いやー志葉先生頼りになるねえ、サンキュー！』

高峰さんが実に嬉しそうな声を出す。あんた絶対そのつもりだっただろと内心悪態をつく。俺はピッチの電源を切ったあと、朝比奈に向き直った。

「悪いな。迷子探しをしなきゃいけなくなった」

「私も手伝うよ。担当医だし」

朝比奈はカップ春雨（はるさめ）とサラダを白衣のポケットに突っ込んでさっさと歩き始めた。

俺は朝比奈に追いつこうと足を速めた。


遥はなかなか見つからなかった。トイレやシャワー室だけでなく備え付けのカフェや図書室まで見てみたが、全てハズレだった。

「参ったな」

ボリボリ頭をかきながら途方に暮れる。だがその時、まだ一箇所探していない場所があることに思い至った。

俺が所属する病棟は名前を第二西棟と言い――まあ名前はこの際どうでもいいが――、建物は豆腐を薄く切ったような平べったい直方体だ。

「湊さん、屋上があることなんて知ってるのかな」

「何度か入院してるし、病室でじっとしてるのも退屈だったろうからな。可能性はあるだろ」

朝比奈とそんな会話を交わしつつ、階段を上る。屋上に通じる扉を開くと、秋の冷えた風が襟元に吹き込んできて思わず身震いした。

四階建ての建物は屋上が庭園のように設(しつら)えられていて、いくつかの植木とベンチが点在している。なんでも患者が日向(ひなた)ぼっこをしたり景色を眺めたりしてリフレッシュできるようにという思想のもとに作られたらしいが、俺が知る限りこの屋上で人を見かけた記憶はほとんどない。せいぜい仕事をさぼって昼寝をしに来た研修医がベンチに寝そべっていたり——つまり俺のことだ——、深夜に仕事をサボってこっそりタバコを吸いに来た看護師を見かけるくらいだ。

俺はぐるりと周囲を見回し、目当ての人物が立っているのを見つけた。

「遥ちゃ……ん？」

名前を呼ぼうと声を張り上げるも尻すぼみになった。探していた遥を見つけたはいいものの、遥はただならぬ空気をまとっていた。

落下事故を防ぐためだろう、屋上はフェンスに囲まれている。しかしそのフェンスを乗り越えて靴一個分しか幅のない縁(へり)に立ち、遥は眼下の光景を見下ろしていた。

あと一歩でも前に踏み出せば、そのまま地面まで真っ逆さまだ。俺はやにわに心臓が強く脈打つのを感じた。横をちらりと見ると、目を見開いた朝比奈の首筋を汗が伝って落ちていた。

「あ、ヤブ医者だ」

フェンスの向こう側で、遥は淡白な口調で言った。俺は戸惑いを隠しきれず、思わず尋ねた。

「何やってんだよ」

遥はちらりと俺に目を向けたあと、再び顔を逸らした。どうすればいいのか分からず俺がオロオロしていると、遥が再び口を開いた。

「飛び降りようかと思って」

なんでもないことのように遥は言った。まるでコンビニにでも行くかのような気軽さだった。

うわずった声が俺の喉から出た。

「いやいや。そこから飛び降りたら死んじゃうぞ」

「そのつもりだから」

やはり平坦な口ぶりで、遥はそう言った。

「死ぬ気かよ」

「うん」

俺はごくりと唾を飲んだ。どうすればいいのか、ない知恵を振り絞って必死に考える。

（……自殺を図る患者がたまにいるってのは、聞いてたけどな）

ただでさえ辛い闘病生活で、病院のような狭くて暗い場所に閉じ込められれば、人によっては精神的に追い詰められるのは想像に難くない。日本では例年、年間で数百人が入院中の自殺を試みると聞く。

まさか自分の担当患者がそうなるとは思っていなかったが。

遥が何を思って自殺したいという思いに至ったのかは分からないが、ともあれ、ここで飛び降りを見過ごすことだけはできない。俺は遥を刺激しないように、極力ゆっくりとした口調で言った。

「……飛び降りると、痛いぞ」

「は？　何それ」

鼻で笑われた。

「なんでそんなことをするんだ。死んだら……アレだぞ、つまらないぞ」

「志葉……」

横の朝比奈が俺を小突く。「もっとマシなこと言えないの？」と小声で囁いてくるが、無茶な注文だ。自殺しかけている他人を前にしても、何を言って思い止まらせればいいのか俺だって見当がつかないのだ。

「ねえ、ヤブ医者」

遥は遠く空を眺めながら言った。

「生きてて楽しい？」

俺は面食らって目を瞬かせた。ややあって、

「どういう意味だよ」

「そのままだよ。こんな、つまらなくて辛いことばっかりの世の中で、なんでみんな生きてるんだろうなって思ってさ」

「……そんなことない。生きてれば、いいことがきっとある」

「ヤブ医者、それ本気で言ってる？」

心底から嘲笑するように口を歪め、遥は「じゃあさ」と俺を見た。

「なんで私はこんな体になって、何度も入院して痛い点滴して、どんどん体力が落ちて苦しくなって、挙句に命がけで心臓の手術までしなきゃいけないわけ？　私、なんにも悪いことしてないよ。一年前まで普通の女子高生やってたんだよ」

「それは……」

俺は二の句が継げなかった。

「生きててもいいことなんてない。前触れもなく、嫌なことがどんどん降りかかってくるだけだよ」

遥はそう言って、俺たちから顔を背けた。目の前に広がる地面に吸い寄せられるかのように、遥の体がわずかに前に傾く。朝比奈が小さく悲鳴を上げた。

（……ここまで、思い詰めてたのか）

俺は唇を噛んだ。

遥の言うことは、肯かざるを得ない部分もある。病魔は唐突に、理不尽に襲いかかってくる。当たり前だと思っていた日常が、ある日突然崩れ去る。それは誰のせいでもなくて、ただ、運が悪かったとしか言いようがない。

「ヤブ医者さ。私、ずうっと言いたかったことがあるんだけど」

「……なんだよ」

「私ね、医者が嫌いなの」

せいせいしたとばかりに、どこか晴れやかさすら纏って、遥は笑った。

「質問してもまともに答えてくれない。偉そうに顔を見せに来ては、一人で納得して帰っていくだけで説明もしない」

俺はぎゅっと拳を握った。

「手術の説明をする時も失礼ったらなかったわ。私の親の顔ばかり見て、同意書にサインするのすら私のお母さんだった。病気になったのも、手術を受けるのも私よ？なんで私を見て話さないのよ」

冷え切った目を遥は眇めた。胸がずきりと痛む。俺はかすれた声を絞り出した。

「それは……すまなかった」

「今更謝られても遅いよ」

遥は滔々と続けた。

「ねえ、ヤブ医者。医者ってのはさ、病気を治すから先生って言われるんでしょ。偉いから先生って言われるんでしょ」

じゃあ、と遥は言った。風が吹き、遥の長い髪が流れる。

「私の会った医者の中に、先生は一人もいないね」

ね、ヤブ医者。同意を求めるように、遥は俺の目を覗き込んだ。その視線に満ちた怒りは、槍のように俺を刺して糾弾した。

高安動脈炎。

それが、湊遥の病名だ。

十代から三十代の若年女性に発症することが多く、原因不明の炎症が体中の血管を侵して狭窄（きょうさく）・閉塞を来たす。この炎症や動脈の変形により、発熱や全身倦怠感（けんたいかん）、全身の痛みなどを引き起こす疾患である。

一九〇八年に日本の高安医師が報告したことをきっかけに発見された疾患で、「高安動脈炎」という名前は高安先生に由来する。

俺が毎朝の回診でセクハラだなんだと騒がれ骨を折りながらも遥の聴診をしていたのは、この高安動脈炎に特徴的な所見である「血管雑音（ブルイ）」、つまり腹部や頸部（けいぶ）の聴診で聞こえる異常音を確認するためだった。

高安動脈炎やその類縁疾患は自己免疫の破綻——本来はウイルスや細菌などの外敵に対する防御機能である免疫が暴走し、自分自身の体を攻撃してしまうことで発症するとされる。

高安動脈炎は珍しい病気で、そうそう目にする疾患ではない。その珍しさゆえ、見逃されて未加療のまま経過している潜在的有病者もそれなりにいると考えられている。ありていに言えば、見落としやすい病気ということだ。

屋上の縁に立ったまま、遥が口を開く。

「最初はなんだか熱が続くなって思ってた。近くの医者では風邪をこじらせたんでしょうとか言われて、大して効きもしない解熱剤をずっと飲んでた。それでもろくに良くならなくて、そうこうしているうちにご飯は食べられないし歩くだけで息切れするようになってきた。何度も医者にかかって、さすがに変だって気付いた医者がようやくこの病院を紹介して、そしたら聞いたこともない病気の名前を教えられた」

遥は自嘲するように口の端を歪め、右手を掲げてこちらに見せてきた。入院患者用のパジャマの裾がずり落ち、遥の二の腕があらわになる。

「見える？　ヤブ医者。私の手、採血のしすぎでこんなになってるんだよ」

遥の腕には青いあざがいくつも浮かんでいた。採血や点滴に失敗すると、ああしてあざを作ってしまうことがある。本来は色白で健康的な肌だったのだろうが、今の遥の腕は目を背けたくなるような青色になっていた。

「友達はみんな、彼氏作って受験勉強して人生を楽しんでるってのに、私だけが病院に閉じ込められてる。なんなのこれ？　ふざけないでよ。私の人生を返してよ」

俺は絞り出すように言った。

「……長い治療をせざるを得ない病気だ。特に君の場合は、診断の時点でかなり全身の状態が悪かった上に病気の勢いも強かった。その分、ステロイドや免疫抑制剤による強力な治療をせざるを得なかったんだ」

「だから諦めろって？　別に高望みしたわけじゃない、普通に高校生として生きたかっただけ。病気だから全部捨てろってこと？　無責任だね、ヤブ医者」

「そうじゃない」

「そうだよ。あんたが言ってるのはそういうこと」

医者はいつだってそう、と遥は吐き捨てた。

「こういう状態です、こういう治療をします――。一方的に説明するだけで、私の事情なんて何も気にしようとしない。あんたたちは平然として何ヶ月も入院させるけど、そのせいで私が犠牲にしたものを考えたことある？」

だから、と遥は笑った。

「これは仕返しでもある。病気ばかり気にして、私を見てくれなかった医者への仕返し」

その言葉を聞いて、俺は、

（……ああ、そうかよ）

腹の底から、怒りが湧いてくるのを感じた。

同情はする。共感も。湊遥が受けた理不尽は十七歳の高校生には酷に過ぎるし、長い入院治療が辛く厳しいものだったのは疑いようがない。

だがそもそも、病気というのは「そういうもの」なのだ。突然で、迷惑で、理不尽極まりない。それにせめてもの抵抗をするのが医学だ。

俺たち医者は神様じゃない。診断が難しい病気を見逃すこともあるし、日々の業務に忙殺されて一人の患者の生活にまで配慮できないことはある。それを怠慢と、医師の自覚がないとなじられれば、頭を下げるしかない。

しかしそれは、なんでもかんでも患者の言う通りにするということでは決してない。

「知るかよ」

俺は吐き捨てた。遥が何度か瞬きをする。朝比奈がぎょっとしたように俺を見た。

「知ったこっちゃねえんだよ。ガタガタ文句ばっかり抜かしやがって。高校生の分際で人生を語るんじゃねえ、中二病かよ。バーカ」

「は……はあ？」

急に態度が変わった俺を見て、遥が眉をひそめる。俺はどかりとその場にあぐらをかいた。

（もういい子ぶるのはヤメだ。本音で話してやる）

俺はボリボリと頭をかきながら言った。

「飛び降りたければ勝手にしろよ。ここで見ててやる」

「し――志葉⁉」

朝比奈が慌てたように俺と遥を見比べる。俺はケッと顔を歪めた。

「私を見てくれなかった？　当たり前だろ。俺たちは医者でここは病院なんだ、病気を治すところなんだよ。お前なんかの人生相談を聞いてるほど俺たちは暇じゃねえんだ。お前、仕事が忙しすぎて俺が何日家に帰ってないか知ってるか？　パンツを替えなさすぎてそろそろ臭いんじゃないかと冷や冷やしてるぜ俺は」

ドン引きした顔で朝比奈が俺から距離を取った。俺は気にせず続けた。

「だいたいな、さも悲劇の主人公みたいに自分を語ってくれちゃったけど、残念ながらこれから先のお前の人生はそう暗くはないだろうぜ。何せ現代医学は優秀すぎて、お前の病気もほぼ治りかけだ。あとは来週の手術さえ成功すれば、綺麗さっぱり病院からおさらばできるだろうさ。せいせいするね、二度と帰ってくるんじゃねえ」

遥は顔を赤くしたあと、グッと唇を噛んだ。

「……あんた、患者に向かってよくそんな口きけるね。言っとくけど、私、本当に飛び降りる気だからね」

「だーかーらー、好きにしろって。飛びたければ勝手に飛んでくれ。ホラホラホラホラ」

俺はずいと腕を組んだ。

「ただし！　飛び降りたからって死ねるとは思うなよ」

「……は？　どういうことよ」

「お前、ここがどこか忘れてねえか？　西東京の医療を担う大病院、徒歩受診（ウォークイン）から超緊急症例（ホットライン）までなんでもござれの三次救急がウリの波場都大学医療センターだぞ」

俺はフェンスの向こう側に広がる景色を見た。デカい駐車場やその向こう側に見える車道や田んぼに目をやったあと、俺は片眉をつり上げる。

「ざっと高さ十メートルってところだな。ここから飛び降りれば、まあ高エネルギー外傷なのは間違いない。重傷だろうな。だが体中の臓器が弾（はじ）け飛んで脳みそが破裂して即死ってほどの高さでもない」

遥は目を白黒させて俺を見ている。

「お前が飛び降りたら、俺は速攻で整形外科医と脳神経外科医と救急科医を呼ぶ。外傷のスペシャリストだ。お前の足の骨が折れていようと腹の中で血が出ていようと頭の中で血腫ができていようと、絶対に手術台に乗せて救命してやる。緊急オペだ」

俺はにやりと笑った。晩秋の風が吹いて俺の白衣をはためかせる。

「覚悟しとけよ。両腕に十八ゲージ……いや十六ゲージの激太点滴針を刺してやる。

めちゃくちゃ痛いのは疑いようがないな。それだけじゃ足りないから首にももちろん点滴の管を入れる。さらに、頭の手術をする時にはお前の髪の毛を丸々剃り上げて寺の坊さんみたいなツルッパゲにするんだ。開頭血腫除去術だ、お前の頭蓋骨にドリルで穴を開けて骨を引っぺがして奥の脳みそをいじくり回してやる。ろくにトイレだって行けないだろうから小便の管も入れる。お前のズボンを見も知りもしないオッサンに脱がされた挙句、俺みたいな下手くそな研修医に尿道カテーテルをぶち込まれるんだ。ああ、あと呼吸状態も不安定になるだろうからもちろん気管チューブも口に入れて人工呼吸器を使う、あれめちゃくちゃ苦しいらしいぜ。忘れたふりして、わざと麻酔は使わずにやってやるよ」

遥は信じられないとばかりに目を見開き、口の端から泡を飛ばして言った。

「あ——あんた、医者でしょ⁉　患者にそんなことしていいと思ってるの⁉」

「ざまあみやがれ。ケケケ」

俺は心底爽快な気分で笑った。

立ち上がり、ツカツカと遥に歩み寄る。フェンスの向こう側で茫然と俺を見上げる遥に、俺は語りかけた。

「いいか遥、死のうとするのは勝手だ。だけどな、俺たちがあらゆる医療を駆使してお前を絶対に死なせない」

オラ、と俺は遥を急かす。

「さっさと決めろ。こっちに戻ってくるか、あるいは点滴の管と気管チューブと尿道カテーテルをぶち込まれた挙句に緊急オペで体をいじくり回されるか」

「え……えええええええ!?」

こんなはずではなかったとばかり、戸惑いに満ちた遥の声が秋の空にこだました。

結局、長い時間をかけて逡巡したのち、遥は実にバツの悪そうな顔をしてフェンスのこちら側に戻ってきた。屋上の床にしゃがみ込む遥を「あれ？　どうしたの遥ちゃん？　飛び降りるんじゃなかったの？　ねえねえねえ」と煽り倒していたら朝比奈に頭をはたかれた。

だが結果的に言うなら、俺の行動は決して悪くはない影響を残したように思う。その日以来、遥はどこかすっきりしたような顔をしていることが多くなった。

「回診でも前ほど採血が嫌だ診察が嫌だってゴネなくなりましたし、結果オーライっすよ」

「ははは。志葉らしいね」

深夜。病院の片隅に設置された当直室で、俺は夜食のクッキーをボリボリとかじっている。

うちの病院の当直室は狭い部屋にテーブルとロッカー、それから本棚があるだけの簡素なもので、奥の扉を開けると仮眠用の二段ベッドが並んでいる。本棚には医学書に混じって古い漫画雑誌やら骨董品のようなエロ本やらが置かれていて、長い月日を経てボロボロになった表紙を晒している。

「それにしても、潤さんと当直するの初めてっすね」

「そうだっけ？　頼りにしてるよ、後輩」

テーブルを挟んで俺の向かいのソファに座るのは、俺の先輩医師であり大学の友人である成部潤だ。薄い緑色のスクラブ――医師が着る半袖の作業着のことだ――を着ている。セミロングヘアーに小さな顔、鼻筋はすっと通っていて理知的な印象を受ける。

最初に潤さんと会ったのは大学の部活だ。俺より三年早く医師免許を取得した彼女は、今は一人前の医者として病院で働く日々を送っている。

「麻酔科やってると、外来で患者を見ることも少なくなる。たまには患者と話さないとね」

確かに、と俺は頷いた。

医者はそれぞれ専門とする診療科を持っている。潤さんは麻酔科――つまり、手術を受ける患者に麻酔をかけたり、手術に際しての体調の管理を担う診療科に所属している。手術における「縁の下の力持ち」という表現をされることが多い。

麻酔科は手術麻酔ばかりしていると勘違いされることもあるが、実のところ麻酔科医は周術期の全身管理、集中治療、緩和ケアなど多彩な治療に携わる。救急医療もその一つで、一緒に当直をするにあたってこれほど頼もしい人もいないだろう。

潤さんに限った話ではないが、うちの病院では研修医の他に上級医が何名か毎晩当直していて、時には一緒に患者を診ることもある。麻酔科という救急医療のプロであり、しかも気さくで色々質問しやすい彼女が一緒に当直に入ってくれるというのは俺にとっては願ってもないことで、当直表を見た時は思わずガッツポーズをした。

「ま、幸い救急外来も空いてるみたいだし。ここでご飯食べて待ってようよ」

レンジに弁当を放り込む潤さん。だがその時、潤さんのピッチが着信音を立てた。

「間が悪いっすね」

「ご飯を食べる前に限って電話が来るんだよ」

苦笑しながらピッチの通話ボタンを押す潤さん。

「はい、成部です。……はい。はい……」

いつも通りの穏やかな口調で応対していた潤さんだが、突然顔色が変わった。

「分かりました。今から向かいます」

通話を終了し、おもむろに席を立つ潤さん。俺は尋ねた。

「どうしたんですか」

「超緊急症例（ホットライン）だ」

その言葉を聞き、俺は心臓が強く脈打つのを感じた。

超緊急症例（ホットライン）――すなわち、心筋梗塞やくも膜下出血などの超重症疾患が考慮される症例だ。分秒を争う治療が求められる戦場で、看護師や医者が総出で対応に当たる緊急事態である。

当直室の扉に手をかけた潤さんだが、考え込むように立ち止まったあと、ふと俺に振り返った。

「……そろそろ、学んでおいた方がいいか」

「はい？」

「志葉。君も来なよ」

潤さんは俺を手招きした。俺は慌てて首を振る。

「い、いや、俺みたいな一年目が超緊急症例（ホットライン）の現場に行っても、その。足手まといですし」

「そんなこと分かってる。でも、一度見ておいた方がいい」

「見ておいた方が……って、何をですか」

潤さんは薄く、氷のような微笑（ほほえ）みを浮かべた。

「医療の現実を、だよ」

「救急隊の話だと、患者は九十三歳の女性。特別養護老人ホーム（トクヨー）入所中で、数年前に脳梗塞をやって以来寝たきりだそうだ」

潤さんの話に、俺は引きつった顔で頷くことしかできなかった。

救急外来には救急車受け入れ専用の出入り口がある。ガラス扉の向こうに広がる闇夜の中で、救急外来受付を表す赤いランプがぐるぐると旋回して輝いていた。普段は人気のない場所だが、今は数人の人間がヒリついた顔をして救急隊を待ち構えている。

「うちの病院にも入院歴のある人だ。脳梗塞のほか、誤嚥性肺炎（ごえんせいはいえん）や慢性心不全の既往歴もある。今回は看護師が酸素飽和度（サチュレーション）の低下と喘鳴（ぜんめい）に気付き、救急要請した。救急隊接触時点で心停止の状態だったそうだ」

俺の背筋が凍った。潤さんが言っていることは、つまり、

（……心肺停止(CPA)）

患者の心機能と肺機能が停止した状態であることを示している。予断を許さない、非常に厳しい状態だ。

「なんでも……家族が常々、何かあった時は人工呼吸器の使用を含めあらゆる治療をしてほしいと望んでいたようだ。一秒でも長く生きていてほしいとね。それを踏まえての超緊急症例選定(ホットライン)だ」

潤さんがそう言った時、俺は妙な違和感を覚えた。

周囲には潤さんや俺の他、数人の看護師や医者、検査技師が控えている。彼らの顔がどこか――苛立ちの混じった悲痛なものになったように思えたのだ。

（……なんだ？　この空気……）

疑問を考え込む余地はなかった。扉の外から救急車のサイレンの音が聞こえる。看護師が叫んだ。

「救急隊、到着しました！」

その声を皮切りに、青い服を着た数人の救急隊が自動ドアから飛び込んでくる。彼らはストレッチャーを押していて、その上には一人の血の気が失せた老婆が寝かされ

ていた。救急隊の一人は彼女の胸を勢いよく押し込んでは引き戻すことを繰り返している。心臓マッサージだ。

俺の周囲に立っていた人たちが、一斉にストレッチャーに駆け寄った。出遅れた俺はきょろきょろと周りを見渡したあと、慌てて後に続いた。

救急外来は出入り口の目の前に急患対応用の部屋があり、数多くのモニターや器具が所狭しと置かれている。ひっきりなしに鳴り響くアラームや周囲を行き交う人々の荒い足音に囲まれながら、俺は他の人たちに混じり治療を開始した。

「志葉！　ルート確保！」

潤さんが鋭く叫ぶ。俺は看護師が叩きつけるように渡してくれた点滴針を挿入しようと、老婆の腕を見た。しかし高齢女性、しかもここ最近は水分もまともに摂(と)れていなかったのだろう、老婆の血管はいくら舐(な)めるように探しても細すぎて使い物にならないようなものしか見当たらなかった。

「何やってる！　急げ、志葉！」

「は、はい！」

猶予はない。ガタガタと震える手に針を握りしめる。俺は手背——いわゆる「手の甲」、一般的に血管確保が比較的容易であるとされる部位に針を突き刺した。だが、

「……クソォ！」

　思わず激語する。何度針を引いても戻しても、点滴針が血管に挿入できたという感触は来ない。針を闇雲に動かしていると、

「研修医、どけ！　お前は心マやってろ！」

　近くにいた医師が俺の肩をどついた。そのまま半ば奪われるように点滴針の留置役を交代し、俺はもつれる足を動かして老婆の胸元に近づいた。

「先生、交代お願いします！」

　救急隊が俺の目を見て怒鳴る。俺は返事もできず、壊れた人形のようにカクカクと頷いた。

「波形――無脈性電気活動（PEA）！　心拍再開なし！　心マ継続！」

　救急科の医師が叫んだ。俺は老婆の胸に手を置き、グッと押し込んだ。

（くそ、なんでこんなに手が震えんだよ……！）

　この心臓マッサージのやり方というものは、医学生の頃に誰もが授業で習う。だが教科書で知っていることと現場で実際にできるかどうかは全く別のことだった。

　心臓マッサージは想像よりもはるかに力を要求される。数回やっただけで腕が痛くなり、息が上がり始めた。

俺は老婆の顔をちらりと見た。血の気が失せて土気色の顔をしており、開ききった瞳孔は虚空を見て動かない。口にはいつの間にか気管チューブが挿入されており、人工呼吸器がシューシューと音を立てていた。

つい数時間前まで生きていたはずだ。そう思うと、堪えようのない衝動が込み上げてくるのを感じた。

（――戻ってきてくれ！）

すでに悲鳴を上げている腕に活を入れ、心臓マッサージを継続する。強く、もっと強く、と自分を頭の中で怒鳴りつける。

この人の生死は、今にかかっている。

波形チェックを終え、俺は無我夢中で患者の胸に手を戻して心臓マッサージを開始しようとした。だが、

「――志葉！　心マ中止！」

「……え？」

「心拍再開。蘇生（そせい）はひとまず終了だ」

潤さんの言葉を聞いても、最初は意味がわからなかった。俺はストレッチャー横のモニターに目を向ける。電子音が定期的にピッピッと音を立てていて、心電図の波形

も安定して描出されている。血圧も最低限は確保できている。

俺の全身から力が抜けた。潤さんが言った。

「午前一時三十八分、心拍再開（ロスク）だ。ひとまずは——安心だね」

俺は老婆の顔を見た。相変わらず泥のような土気色をした顔だ。だが、間違いなくまだ生きている。

（生き返らせたんだ。俺たちが……）

老婆の胸はゆっくりと上下している。もちろん人工呼吸器によって強制的に換気させられているだけなのは百も承知だが、それでも俺は老婆が穏やかに眠っているような気がした。

俺は周りの人たちを見回した。疲れた顔で汗を拭ったり、手袋を捨てたりする人たちを見ながら、俺はなんだか無性に誇らしくなった。

医者はクソだ、というのは俺の口癖だ。その意見は変わらない。こんなに馬車馬のように働かされて、わがままな患者にはいつも文句を言われて、無茶なスケジュールの手術も手伝わなくてはいけなくて、ろくに家にも帰れなければパンツだって洗えない。こんな奴隷みたいな労働、絶対に続けてなんてやるもんかと切に思っている。

だが、それでも——今だけは、医者になってよかったと感じた。

超緊急症例（ホットライン）の救急治療に参加したのは初めての経験だった。俺は興奮冷めやらぬまま、当直室のソファに座り潤さんと話していた。

「すごかったですね。俺、超緊急症例（ホットライン）に参加したの初めてでした」

潤さんは「そっか」と短く言った。冷め切った弁当をもそもそと頬張る潤さんを見ながら、俺は言葉を続けた。

「徒歩受診（ウォークイン）とは全然違いますね。みんなピリピリして殺気立ってるっていうか……でも、かっこよかったっす」

潤さんは小さく頷いた。なんか反応薄いな、疲れてんのかなと思いつつも、俺は言葉を抑えきれない。

「潤さん挿管やっぱり早いっすね。救急科と麻酔科が一番上手いって言いますもんね」

挿管とは患者の気管にチューブを挿入し、人工呼吸器による管理を行うことだ。今回の症例のような自発呼吸による酸素の取り込みが難しいと予想される症例の場合、この挿管による呼吸管理は文字通りの命綱となる。

「でも、俺、初めてにしては結構動けたと思うんです。心マもしっかりやらせてもらいましたし。……生き返ってくれて、良かったっす」

俺は鼻息も荒く拳を握りしめた。人の命を救った、という高揚が、体を火照らせて仕方がなかった。

潤さんがぼそりとつぶやいた。

「生き返ってくれて、良かった……か」

潤さんはじっと俺の顔を見た。その目にはどこか哀れみが混じっていて、俺は首を傾げた。

「あの、潤さん？　どうしました？」

「志葉。君は本当に、あのお婆さんが生き返ってよかったと思う？」

冷たい、突き放すような物言いだった。俺は戸惑いながら返事をする。

「そ、そりゃもちろん。それが俺たちの仕事ですし……家族だって、あのお婆さんに生きててほしいって言ってたんでしょ」

潤さんはすっと目を閉じた。そののち、

「志葉さ。今、救急車ってどれくらいの数が出動してるかって、知ってる？」

「え……」

「年間で約６００万件で、近年になって特に増加傾向だ」

潤さんが何を言いたいのか分からず、俺は曖昧に頷く。

「君も知っての通り、心筋梗塞や脳卒中などの超緊急疾患の場合は、発症後何分で治療を開始できるかはそのまま患者の生命予後に直結する。一秒でも早い治療をすることが大事なわけ」

けれど、と潤さんは言葉を繋ぐ。

「現在、救急車が患者を病院に搬送するまでにかかる平均時間はどんどん延びてきてしまっている。それだけ、助かるはずの命が助からなくなっている、ってことだ」

俺は目を見開いた。

「……なんで、そんなことが起きてるんですか」

「簡単な話さ。増え続ける救急要請に対して、医療従事者や設備の数が明らかに足りてないからだよ」

潤さんは吐き捨てるように言った。

「人工呼吸器も点滴器具も救急車も、決してタダじゃない。あのお婆さんに使った医療資源で、もっと助かるべき人を助けられたかもしれない」

その発言を聞いて、俺は思わず反論した。

「助かるべき人、なんておかしいですよ。それじゃ裏を返せば、死んでもいい人がいるってことになる」

「そうだよ。志葉、良い目の付け所だ」

潤さんは薄く笑った。疲れ果てた老人のような笑いだった。

「逆に聞くけどさ。誤嚥性肺炎を繰り返して認知症も進んで意思疎通は不可能、どう見ても寿命な老人と、交通事故に巻き込まれた何の非もない多発外傷の若者。どちらを助けたい？」

「それは……詭弁です。俺たちは医療従事者です、どちらも救命する努力をするべきです」

「おいおい志葉、がっかりさせるなよ。それができるなら誰も悩まないし、苦労しない。そんな、小学校の道徳の教科書みたいな話をしてるんじゃないんだ」

だいたいさ、と潤さんは言った。

「九十三歳のお婆さんに人工呼吸器を使ったところで、回復の見込みはほとんどないよ。せいぜい数日間の延命が精一杯だ。そのためだけに心臓マッサージで肋骨をバキバキに折って、痛くて苦しい思いをさせて気管チューブを突っ込むことが正しいとは、私には思えないけどね」

俺は思わず席を立って潤さんに詰め寄った。

「じゃあ、なんで救急車を受け入れて、挿管までしたんですか。そんなにあのお婆さんを助けたくなかったなら、なんで」

「家族が望んだからさ。私たちは所詮サラリーマンだよ。患者家族（お客様）の言うことには逆らえない」

潤さんはふわあと欠伸（あくび）をして立ち上がった。

「私はそろそろ寝るよ。おやすみ、志葉」

「……はい」

立ち尽くす俺。仮眠室の扉に手をかけながら、潤さんがこちらへ振り向く。

「私たちがあの超緊急症例（ホットライン）に対応している間、別の救急隊から電話があったそうだ。心筋梗塞の四十歳男性でね」

俺は唾を飲んだ。心筋梗塞といえば緊急疾患の代表選手、放っておけば早々に死に至る可能性がある。一刻も早い治療が必要だ。

「隣町で倒れたみたいでね。うちの病院に救急要請が来た。救急隊接触時点で車内モニターのST上昇を認めた。極めて心筋梗塞の可能性が高く、緊急の治療を要することは明らかだった」

でも、と潤さんは顔を伏せた。

「断ったらしいよ。うちは例のお婆さんの超緊急症例（ホットライン）で手一杯だったからね。別の病院を当たってくれと言った」

「……そう、なんですか」

「最終的にはここから二十分もかかる別の病院に搬送されたそうだが——その病院にいる医者に聞いてみたら、結局死んだらしい」

　俺の心臓がはねた。潤さんがつぶやく。

「もし、うちがちゃんとその患者を受け入れられていたら、助かったかもしれない」

　潤さんは仮眠室の中に入っていった。ぱたん、と扉が閉まる音がする。俺はただ、その場に立ち尽くすことしかできなかった。


　翌朝。

　当直を終え、通常業務に戻った俺は、ふと気になって昨夜の超緊急症例（ホットライン）で来たお婆さんの電子カルテを覗いてみた。

　人工呼吸器や昇圧剤をフルに使った治療の甲斐（かい）なく、未明に死亡していた。

Chapter 2　すなわち、螺旋に囚われて

「ねえヤブ医者。麻酔かける時って痛いの？」

「痛いぞ。みんなめっちゃ悶絶するから、押さえつけるのも一苦労なんだ」

「…………」

「嘘だよ。そんな怖そうな顔するなって」

「死ね！」

病室のベッドに座ったまま、枕を投げつけてくる遥。俺はケケケと笑いながら枕をキャッチした。

例の自殺未遂事件から数日間、遥は特にその後は問題なく過ごしていた。本人にそのことを言うと、

「うるさいなあ。大人しくしてればいいんでしょ。もうあんなことはするつもりないから、同じ話を何度も蒸し返さないで」

とむくれていた。

自殺を止めるためとはいえ色々と本音をブチまけてしまったが、当の遥は幸い気に

した様子もない。それどころか、俺の勘違いでなければ、あの事件以降は明らかに俺に対する振る舞いが柔らかくなった。

まあ、ことあるごとにぷりぷりと怒るのは変わらずなのだが。

「あんたさあ。最近、本当に態度変わったよね」

「そうかね」

「そうだよ。前はいっつもニヤニヤ笑ってて、キモかった」

俺が投げ返した枕を胸元に抱きかかえながら、遥はじっとりとした目で俺をにらんだ。俺は肩をすくめ、

「お前にいちいち気を使ってたら体が保たないんだよ。この前の一件で俺は学んだのさ」

「偉そうに」

遥はぼそりと口を動かした。

「……まあ、そっちの方が私もいいけどさ」

「あん？　なんか言った？」

「別にィ」

ぷいとそっぽを向く遥。こうしていると年相応の可愛らしさがある。俺は苦笑いし

た。

「明日は手術だ。どうだ、緊張するか」

そう。明日は湊遥に対して手術を行う日だ。一通りの術前診察も終え、あとは手術を待つだけの状態である。

どんな人間であれ、手術前というのは気持ちが張り詰めるものだ。遥の表情にもどこか固さがあることに、俺は気付いていた。

遥は唇を尖らせ、小さく頷いた。

「……正直、手術は嫌。受けなきゃどうしようもないのが分かってて、それでも」

遥は枕を抱く腕にぎゅっと力を込めた。

「明日、全身麻酔をかけられて意識を失くして……そのまま目が覚めなかったら、どうしようって思う」

その不安は当然のものだ。俺は頷いた。

「高安動脈炎って、手術なんてしないことも多いんでしょ。なんで私だけ、って思っちゃうよ」

俺は黙って話の続きを促した。

遥の言う通り、実は高安動脈炎自体は決して予後の悪い疾患ではない。むしろ治療反応性は比較的良いとされているくらいだ。

ただ遥の場合、動脈が自己免疫の暴走による炎症に晒された結果、心臓の血管に狭窄が生じてしまった。いわゆる狭心症と呼ばれる状態だ。このまま放置すると血管の閉塞と、それによる心筋虚血が引き起こされる。これが俗に言う心筋梗塞であり、発症した場合は致命的になりうる。

この狭心症を解除するため、新たな血管を接続することで血流の迂回路(バイパス)を作ろうとするのが、遥のオペの目的だ。冠動脈バイパス術(CABG)と呼ばれる手術である。

「心臓の手術ってさ、失敗すると、下手したら死ぬんでしょ。嫌だよそんなの。怖くない、わけがない」

目を伏せる遥。彼女は小さな声で、

「……死にたくない」

と言った。つい先日自殺を図ったはずなのだが、その言葉はすとんと俺の腑(ふ)に落ちた。

「怖いのか」

「怖い。死ぬほど、怖い」

命をかけた手術に臨む恐怖は、俺には分からない。だがきっとそれが筆舌に尽くし難いものであろうことは、想像に難くない。

先日の自殺未遂も、遥なりに恐怖に対処しようとした結果なのだろう。自ら死を選ぼうとすることで手術の怖さから逃げようとしたことは、とても責められないと思った。

この子はまだ、十七歳の子どもなのだ。

俺が黙り込んでいると、遥は小さく手を振った。

「大丈夫。これしか方法はないってことは、よく分かってるから。やるしかないよね」

「……遥」

遥は沈んだ空気を振り払うように笑った。しかしその笑顔はどこか空虚で、痛々しかった。

「ね、ヤブ医者」

「おう、どうした」

遥は遠慮がちに言った。

「お願いがあるの」

まだ消灯までは余裕があるものの病院の外はすっかり暗くなっていて、俺は秋の深まりを感じた。遥と並んで病院の敷地を突っ切って歩く。しばらくすると、見覚えのある光景が目の前に広がった。

「この前の場所か」

「そ」

遥が頷く。俺たちが訪れたのは、先日も遥と一緒に来た例の神社だった。綺麗な紅葉に彩られた木々の中で、小さな神社は静かに佇んでいる。

「……ん」

誰か先客がいたのだろうか、わずかにタバコの香りがしていた。

日もとっぷり暮れているというのに相変わらず本殿には鍵はかかっておらず、戸を引くと中からひんやりした空気が漂ってきた。

「誰もいないな」

「掃除はされてるみたいだし、管理してる人はいるんだろうけどね」

確かに遥の言う通り、木目の床には埃一つ積もっていない。定期的に掃除をしている人がいるのだろう。

遥はとさりと本殿の桟に腰を下ろした。俺もその隣に座る。

「好きなんだな、ここが」

「うん。静かだから」

遥にそう言われ、俺は耳を澄ます。確かに静かだ。元々この病院は東京の外れにぽつんと立地しているのだが、その中でもここは特に奥まった場所にある。辺りを行き交う人や車はおらず、ただ草の擦れる音だけがわずかに聞こえる。

「病院にいると、自分が病人だって自覚させられるから。ここなら、元の自分に戻れる」

遥は頭上を見上げた。新月の夜で、星がよく見えた。俺は繁華街で生まれ育ったので、排気ガスやビル街の明かりで煙った夜空しか見たことがない。手を伸ばせば届きそうなくらいに、星は強く瞬いている。俺はそんな夜空を初めて見た。

「それももう少しの話だ。お前の病気——高安動脈炎はほぼ治ったと言っていい状態だ。もう一息頑張れば、もう病院にいる必要はない。元の生活に戻ればいい」

「本当に？　ヤブ医者、嘘ついてない？」

「嘘ついてどうすんだよ。本当だって」

苦笑いしながら横を向くと、遥は胡乱（うろん）げな目をして俺を見ていた。

「だって、医者っていい加減なことしか言わないじゃん。安心させたいのか自分の力不足を認めたくないのか知らないけどさ、都合の悪いことはすぐに隠す」

「あー……そうかもしれないけどな」

遥の指摘は部分的には正しい。検査の結果が思わしくなかった時には、患者が不安にならないようにフォローを入れながら話すことはよくやる。しかし、どうやら遥はそれに不信感を持っているようだ。

「確約はできない。でも、きっと最後だ」

「えー、確約できないの。いい加減」

「しょうがないだろ。人間の体っていつ何が起きるか分からないんだから」

「じゃあさ」

遥が俺の目を覗き込む。

「見捨てないでよ。約束して。私を助ける、って」

俺は目をぱちくりさせた。

「……見捨てるわけないだろ。俺は主治医だぜ」

なんだか気恥ずかしくなり、俺は小さく笑った。だが遥はどこまでも真剣な顔で、

「それでも。今、ここで、ちゃんと言葉にして、言って」

俺に顔を寄せる遥。唾を飲む。シャワーを浴びた後なのだろう、神社の中に漂う木の匂いに、わずかに石鹸(せっけん)の香りが混じった。

遥は真剣な面持ちで俺を見つめている。その迫力に少し気圧されつつも、俺は唇を引き結んで深く頷いた。

「分かった。約束するよ。俺は、お前を助ける」

クサいセリフだ、顔から火が出そうである。紛れもない本音なのだが、こうして口に出すとなんだか気恥ずかしい。

遥はぱっと顔を輝かせ、

「本当に？　嘘ついたら、私、化けて出るからね」

「怖いこと言うなよ」

嬉しそうに笑った。うん、笑うとこの子マジで可愛いな。

「ね、ヤブ医者」

「うん？」

「ヤブ医者はさ、なんで医者になったの？」

遥は首を傾げた。星空を映してキラキラ光る瞳が、俺のすぐ目の前にある。

見栄を張って「バッカオメーそんなん病気に苦しんでる人の命を救いたかったから

に決まってんだろ」と言おうかと思ったが、そんな歯の浮くようなセリフを言ったところでこの賢い女の子はすぐに看破するだろうから、俺は本当のことを言った。

「うーん。まあ高校生の頃から勉強はそこそこできたし、これと言ってやりたいこともなかったからなあ……。自分がなれそうな仕事の中で、一番儲かって社会的地位がありそうなのが、医者だった」

「……うわ」

幻滅したとばかりに遥が俺から距離を取る。

「もっと医者ってこうさ……誰かを助けたいとか救いたいとか、そういう志？　みたいなものを持ってなるものなんじゃないの」

「そりゃ医療ドラマの見すぎだ。所詮サラリーマンだよ、医者なんて」

俺はほうとため息をついた。

「医者になりたくて仕方ない奴なんて、ただの変わり者だよ。だいたいの奴は、勉強ができたからとか親も医者でクリニックを継いでほしがってたからとか金持ちになりたかったからとか合コンでモテたかったからとか、その程度の動機しかないと思うけどね」

「ふーん。思ったよりカッコ良くないね」

「今更気付いたのか。医者なんてカッコ良くねえよ。その証拠にお前、俺のことカッコ良いと思ってるか？」

遥はしげしげと俺を眺めまわしたあと、しみじみと言った。

「説得力あるね」

「まあ俺が言ったことなんだけどさ。そこまで納得されると、俺ってそんなにカッコ悪いのかと萎えるね、ウン」

遥はごろんと本殿の床に寝転んだ。夜空を見上げながら、遥はぽつりと言う。

「――私さ。医者になりたいんだよね」

俺は耳を疑った。まじまじと遥の顔を見る。遥は顔を赤くして、

「何？　文句ある？」

「いやないけど。でもアレだぞ、結構しんどいぞ、この仕事」

少し時間を置いて、遥は言った。

「自分みたいに理不尽に苦しんでる人を、少しでも減らしたいの」

俺は遥の言葉を何度か反芻したあと、「そうか」と返した。

「なら、勉強頑張らないとな」

「うっさい。あんたが受かる大学なんて、私にかかればイチコロよ」

フンと鼻を鳴らし、遥は目を閉じる。

「そろそろ帰らないと、ナースが心配するぞ」

「消灯までに帰ればいいでしょ。あんたも付き添いでいるんだし」

俺はちらりと腕時計を見た。午後七時前、確かにまだ余裕はある。どうやら遥はまだ帰りたくないようだし、付き合ってやるかと俺は苦笑いした。

遥の横に並んでごろりと床に転がり、目を閉じる。疲れのせいか、俺はすぐに眠りに落ちてしまった。

妙な夢を見ている。

黒い服を着た大人たちがうごめいている。そのいずれもが顔を伏せて、人によっては涙をハンカチで拭っている。

その横には、白衣を着た医者やナースがずらりと並んでいる。全員頭を下げている。詫びるように。

誰かが叫び声を上げた。俺は思わず振り向く。黒い服を着た女の一人、わずかに顔にしわの出た女性が泣き叫んでいる。その横顔はとある人物に似ていた。

（……遥？）

いや、違う。似ているが別人だ。この人は、遥の母親だ。何度か見舞いに来ているのを見かけたことがある。

母親の肩を、同じように黒い服を着た男性が抱いている。こちらは父親だろうか。泣きはらして真っ赤になった目で、じっと床を見つめている。

黒い服を着た人たちは、人の大きさくらいある箱を囲んでいた。箱は百合のように澄んで、冷たい白色だった。

棺桶だ。

人々が順番に棺桶の前に立つ。花を供え、涙と鼻水を拭いながら手を合わせる。

誰かが死んだのだろうか。でも、誰が。

俺は歩く。棺桶に向かって、震える足で。

花を供える。頭を下げる。深く、深く。まるで許しを乞うように。

俺の唇が勝手に動く。堪えきれない嗚咽とともに、言葉が漏れる。

助けられなくて、ごめん。

顔を上げる。棺桶の中にいる人物が目に入る。

そこに、いたのは、

（――遥）

湊遥が、死んでいた。

「――ッ⁉」

飛び起きる。過呼吸発作のように荒い息を繰り返す。

「ガハッ！ ……ッハア、ハア……！」

吐き気がする。酸っぱい味がする唾を、無理やり何度か飲み込んだ。

ゆっくりと周囲を見回す。古びた木の柱が目に入った。それを見てようやく、遥と例の神社に来ていたことを思い出した。

汗が止まらない。胸が痛い。俺は白衣の裾をぎゅっと握りしめた。

（……なんだよ、今の夢）

遥が死んだなんて、夢にしても縁起が悪すぎる。それに、あのリアルさ。死体となった遥の肌の青白さが、まだ目蓋に焼き付いている。

「ヤブ医者？ どうしたの」

声のした方へ振り向く。遥が怪訝そうな顔をして俺を見ていた。

「すっかり眠り込んでると思ったら、いきなり叫び出してさ。大丈夫？」

「……ああ。大丈夫だ」

それを言うのが精一杯だった。乱れた呼吸を整えながら、俺は何度も遥の顔を見返す。遥は恥ずかしそうにそっぽを向いた。

「あのさ。ジロジロ見られると、恥ずかしいんですケド」

その様子を見てようやく、俺はさっきの夢が夢に過ぎないんだということを実感できた。

湊遥はちゃんと生きている。これから彼女は、人生をかけた手術へと挑むのだ。その事実を確認し、俺は安堵の息をつく。

「なんでもない。変な夢を見た」

「え？　エロい夢？」

「ちげえよ、思春期」

思春期じゃない馬鹿にするなとギャーギャー騒ぐ遥。だが、

「あっ……つぅ……」

顔をしかめ、胸を押さえる。俺は尋ねた。

「おい、どうした」

「胸、が。痛い……」

遥は苦しそうに顔を歪めている。その額には脂汗が浮かんでいた。さっと俺の顔から血の気が引く。

（まさか、狭心症の発作か？）

遥は高安動脈炎による心血管の狭窄により、狭心症に陥っている。少し負荷をかけるだけで心臓が悲鳴を上げても、おかしくはないのだ。なるべくゆっくり歩いて坂のない道を選んだつもりだったが、やはり外に連れ出したせいか。俺は慌てふためきながら鞄を漁る。

「やばい、えっと、ニトロは——」

「大、丈夫……。少し待ってれば、収まるから」

遥は何個か薬を飲んだあと、深呼吸を繰り返した。

固唾を呑んでしばらく見守っていると、遥の表情が徐々に柔らかくなり、呼吸も穏やかになってきた。俺は安堵のため息をついた。

（……ひょっとしたら。俺たちが思っているより、ずっとギリギリなのか？）

遥はゆっくりと立ち上がり、服のシワを伸ばした。

「帰れそうか。しんどかったら人を呼ぶぞ」

「へーき。帰ろ、ヤブ医者」

遥は大きく伸びをした。

「よく寝た。こりゃ今夜は眠れないね」

ついさっきの苦悶の顔が嘘のように、軽い口調で遥は言った。どう見ても無理をしていた。

俺はごくりと唾を飲んだあと、応じるようにへらっと笑った。

「何言ってんだ。明日は手術だろうが。早寝しろよ」

「はーいはい。たまに医者みたいなこと言うよね」

「医者だよ俺は」

軽口を叩きつつ、遥と共に病院への道を行く。

大して意味がないと分かっていても、せめて遥の不安を少しでも減らしてやりたかった。情けないことだが、俺にできることはせいぜいこれくらいしかないのだから。

ずいぶん長い間あの神社にいた気がする。遅くなってしまったかなと思って時間を確認すると、

「あれ」

「どしたの、ヤブ医者」

「……なあ、俺たちが病院出た時、もう七時近くだったよな」

「うーん、どうだっけ？　覚えてないや」

俺の腕時計の時刻は、午後六時三十分を示していた。神社でそれなりに長い時間を

遥と過ごしていたことを思うと、明らかに記憶と矛盾している。

前にも同じようなことがあった。遥とこの神社に来た時のことだ。

（なんか、まるで時間が巻き戻ってるみたいな——）

そこまで考えたところで、そんな馬鹿なと俺は頭を振って思考を打ち切った。時間が巻き戻るなんて、現実味のない妄想もいいところだ。

疲れて時計を見間違えたんだろう、と俺は結論づけた。そんなどうでもいいことより、今は明日に向けて休息を取っておくべきだろう。

湊遥の手術は、もう明日だ。


朝の手術室は喧騒に満ちている。

手術室に通じる扉はガラス製の自動ドアで、外からでも手術室の廊下を見渡すことができる。不安げな顔をした患者たちや付き添いの家族、打ち合わせをする看護師や麻酔科医が手術室の出入り口にあふれてごった返している。隣では車椅子に座った高齢の患者に看護師が話しかけており、

「じゃあ、リストバンドをチェックしますね。……はい、オッケーです。確認です、今日手術するのはどこですか？」

「え？　なんだって？　よく聞こえんよ」

「今日手術するのはどこですか⁉」

「うるさい！　耳元で怒鳴るな！」

あちこちで手術前の最終確認が行われており、出入り口は騒がしい。その片隅に、俺や遥は立っている。

「いよいよだな」

俺がそう言うと、遥は硬い表情で頷いた。その横では遥の両親までもが真っ青な顔をして立っている。子どもが大手術に向かうのだ、仕方のないことだろう。

「大丈夫だ。手術をするのは神崎先生――心臓外科じゃ名前を知らない医者はいないって話だ。術式にも特殊なことをする予定はない、ごく一般的な冠動脈バイパス術(CABG)だよ。失敗はないさ」

遥は小さな声で、

「……うん」

と答えた。

看護師が「湊さん。お待たせしました。行きましょうか」と遥を呼んだ。俺は遥の肩を叩く。

「行ってこいよ。目が覚めたら、退院日の相談をしよう」

遥は迷うように目線を彷徨(さまよ)わせたあと、

「ねえ、ヤブ医者」

「どうした」

「私は……」

何事か言いかけた遥だが、途中で口をつぐんでしまう。そうこうしている間に看護師が、

「湊さん？　どうしましたか」

遥に声をかけてくる。遥はぐっと唇を引き結んだあと、くるりと俺に背を向けた。

自動ドアを通って、点滴台を押しながら手術室へと歩いていく遥。その後ろ姿を見送ったあと、俺は病棟へと戻った。時間を確認がてらピッチを確認すると、「十一月二十七日　8:05AM」という表示が見えた。

病棟に戻るなり、ナースステーションで待ち構えていたらしい高峰さんが、

「あっ志葉せんせー、ちょうど良かった。処方お願いしたい人がいっぱいいるのよ」

一息つく暇もないなと苦笑いしつつ、俺は追い立てられるように仕事に取りかかった。

（……遥）

俺が遥に語ったことは気休めではない。今回の執刀医である神崎は、少なくとも手術の技量に関しては全幅の信頼を置ける人物だし、術式もごく普通の冠動脈バイパス術（CABG）だ。特に糖尿病や肺病変などのリスクもない遥であれば、術中に問題が起きる可能性も低いだろう。

問題はない。ない、はずだ。

なのになぜ、こうも心がざわつくのか。

（……あの、夢）

昨日、神社で見た夢。湊遥の死体とそれを取り囲む人々。不吉にも程がある想像だ。思わず身震いするほどに生々しい夢だった。忘れようとしても、あの時に見た遥の死に顔がまざまざと浮かんできてしまうほどに。

（アホかよ。気にしすぎだ）

妄念を振り払おうと俺は仕事に集中した。失敗するわけがない、と自分に言い聞かせながら。

病棟での仕事は山盛りだったが、遥の手術が気になってどうにも集中できなかった。

電子カルテのキーボードを叩く手を止め、

「休憩するか」

俺は伸びをした後、こっそりと病棟を抜けてコンビニに向かった。

コンビニの入り口には新刊の雑誌が並んでいる。贔屓にしている漫画雑誌の最新号が置いてあるのを見つけ、俺はいそいそと手に取った。

ページをめくる。だが次第に、俺の頭に疑問符が浮かび始めた。

「……なんじゃこりゃ」

見覚えのある絵や、既視感のある展開。次のページに進む前に、先の展開が見えてしまっていた。いや、見えているなんてものではない。一コマ先の主人公がどんなセリフを発するか、敵が繰り出す技の名前は何かに至るまで、俺はなぜか知っていた。

(もう読んでたか？　でも、覚えがないぞ)

俺は奥付を確認する。困惑はさらに深まった。発行年月日はまさに今日、以前にも読んだことなんて、あるわけがなかった。

首を傾げながら雑誌を本棚に戻す。ふと辺りを見回すと、コンビニ店員や入院患者たちが不思議そうに俺を見ているのに気付いた。白衣を着た医者らしき男がいつまでもジャ○プを読んでいたら目立つのは当たり前だろう。俺はそそくさとその場を離れた。

　コーヒーを購入し、エレベーターホールへと向かう。その時、俺の耳にピッチの電子音が飛び込んできた。画面には「朝比奈恭子」の名前が表示されていた。通話ボタンを押すと、

『もしもし!?　志葉!?』

　声が裏返っている。どうしたんだろうと俺は首をひねった。

「どうしたんだよ。お前、この時間はオペに入ってたんじゃ――」

『湊さんが……！　あの子が！』

　血の気が引いた。思わず早口で尋ねる。

「なんだ？　遥に何があった？　おい、朝比奈！」

『手術の途中から、急に様子がおかしくなったの！　血圧も戻らないし、出血が止まらない！　このままじゃ――』

　朝比奈は電話口の向こうで悲痛な叫び声を上げた。

『あの子が、死んじゃう！』

　着替える手間すらもどかしかった。乱暴にオペ着を羽織り、息を切らして手術室に入る。

「遥！」

手術室の中には静寂が満ちていた。手術用の滅菌ガウンを羽織っているのは神崎だろう。マスクと帽子で顔の大半が隠れているが、それでもあの爬虫類（はちゅうるい）じみた目は間違えようがない。

神崎はだらりと両手を下ろし、動かない。妙だった。冠動脈バイパス術（CABG）はスピードが重要な手術だ。執刀医がのんびりしている余裕などないだろう。

手術室の入り口近くには、先ほど俺にピッチで連絡してきた朝比奈が立っていた。目元が潤んでいて、時々鼻水をすする音が聞こえた。

（なんだ？　なんだよこの空気？）

俺はおずおずと声をかけた。

「あの、神崎先生。手術は」

神崎は答えなかった。ただ、仁王像のように立ち尽くしている。

代わりに、別の人が俺に声をかけてきた。

「志葉か」

「あれ、潤さん」

患者を覆う滅菌布で囲まれた空間からひょっこりと顔を出したのは、俺の先輩で麻酔科医である成部潤だった。患者の状態管理を行い手術のサポートをする麻酔科という科の特性上、麻酔科医はこんな風に滅菌布で隠れた場所にいることがよくある。潤さんは俺と手術台の遥とを見比べた。

「そっか。この子は、君の担当患者か」

「ええ、まあ。……潤さんはどうしてここに？」

「私が手術麻酔を担当していたのさ。……不甲斐ない結果になってしまったけどね」

潤さんは目を伏せた。俺は思わず苦笑いする。

「いやいやいや、何言ってるんすか、まだ手術中なのに。そんな不吉なこと言わないでくださいよ」

俺がそう言うと、潤さんはゆっくりと患者横のモニターを指差した。

手術中は血圧や脈拍、酸素飽和度など、様々な数字をモニタリングしている。だが今、モニターには脈拍が「０」と表示されていた。明らかにおかしい数字だ。

「潤さん何やってるんですか、心拍数ちゃんと出てないっすよ。シールの位置確認しましょうか？　あ、そっか。オフポンプ予定を変更して人工心肺使うことにしたんですね？」

潤さんは答えなかった。交代するように、神崎が口を開く。

「志葉」

「あ、はい。なんすか」

「手術は失敗した」

その言葉を理解するには、時間が必要だった。目の前が真っ白になる。俺は絞り出すように、

「……は？」

「術中、原因不明の不整脈からの心室細動(Vf)が起きた。それだけならまだしも、酸素飽和度(サチュレーション)の低下や出血コントロールに失敗し、蘇生も人工心肺への移行も間に合わず、結果——患者は死亡した」

神崎は手術台を離れ、手袋を取った。俺は思わずその肩をつかむ。

「冗談よしてくださいよ。まだ、手術の途中じゃないですか」

「志葉！」

潤さんが俺の腕を引く。俺は乱暴に潤さんの手を振り払った。

「いやいや、おかしいでしょ。そんな……だって……助けるって約束したんですよ、俺は」

潤さんは無言で手術台の上を指差した。胸の骨を縦に開かれ、露出した心臓が見え

る。心臓は血溜まりに沈んで溺れていた。誰が見ても明らかに、拍動はない。俺は信じられない思いで手術用の滅菌布をめくった。何か飛び切り趣味の悪い手品の種があって、実はまだ手術は始まったばかりなのではないか。そんな、馬鹿げた妄想すらした。

布の下には、血の気が失せた遥の顔があった。気管チューブを口に突っ込まれている。

半年も医者をやっていると、ある程度「人の死」というものに立ち会う機会がある。ぱっと見れば、その人間が死んでいるか生きているかくらいは分かるようになる。

湊遥は、間違いなく死んでいた。

「……あ」

声が漏れる。全身がガタガタと震えていた。

足から力が抜け、俺はその場に膝をついた。

湊遥の体は、その日の夕方に病院から搬出されることになった。

病院で死亡が確認された人は、自宅や葬儀場まで棺桶に入れられて車で運ばれることになる。去り際にはその患者の治療に携わったスタッフが故人に花を供え、別れの言葉を掛ける機会が設けられる。俺たちは慣習的にこのことを、出棺、と呼ぶ。

うちの病棟がある建物の地下には出棺のための通路がある。蛇のように細長い空間で、普段は人気がなくがらんとしている。

そこに今、白衣を着た医者や看護師たちが居並んでいる。誰もが目を伏せ、人によってはハンカチで目元を拭っている。

俺の前を一組の夫婦が歩いていく。その顔には見覚えがあった。遥の両親だ。

母親がうめくように嗚咽を漏らしている。まともに歩けないほどに動揺しているのだろう、父親が肩を貸してなんとか倒れずに済んでいるという状態だ。だがその父親もすっかり血の気が失せて真っ青な顔をしていた。

当然だろう。娘が——まだ十七歳の子どもが、死んだのだから。動揺するなという方が無理な話だ。

手術前のことを思い出す。両親に囲まれ、不安そうな顔をした遥を、「大丈夫だ」と言って送り出したことを思い出す。俺は反射的に頭を下げた。

罪悪感で、顔を上げられなかった。

医療者は列を作り、順番に進んでいく。死者に花を供えるためだ。列の長さを見ながら、こんなに多くの人が遥の治療に関わっていたのか、と思った。列の中には朝比奈や潤さん、高峰さんや神崎の姿もあった。

やがて俺の順番が回ってきた。俺は小さな花束を受け取り、そっと棺桶に近づいた。

「……はる、か」

小さく名前を呼ぶ。返事は、もちろんない。

遥は目を閉じて眠るように横たわっていた。棺桶の中には花が敷き詰められていて、腕と顔だけが覗いている。死に化粧というのだろうか、髪や顔は丁寧に整えられていた。

——私さ。医者になりたいんだよね。

そう語った遥の顔を、思い出す。気恥ずかしそうに、けれど目を輝かせてそう言っていた。

彼女の夢は、もう、叶わない。

——私と付き合ってみる？

遥はどんな気持ちであぁ言ったのだろう。もし俺が調子に乗って「じゃあいっちょ付き合ってみっか」なんて答えたら、あいつはどう反応したのだろう。

いつも憎まれ口ばかり叩いていたが、案外好かれていたのだろうか。今となっては、分からない。

遥の棺桶に向けて、花を供える。手が、どうしようもなく震えた。

献花を終えたあと、俺は他の医療者と共に廊下に整列した。これから遥の遺体は葬儀業者によって搬出される。それを見送るためだ。

俺の横に誰かが立つ。彼の筋張った手の甲を見て、俺は思わず表情を固くした。

(神崎……)

先ほどの風景が目に浮かぶ。手術室で、遥の死体の横に立ち尽くした神崎を思い起こす。

(何が名医だよ……!)

あれだけ常日頃は偉そうに指導医ぶっておいて、いざ蓋を開けてみればこれか。黒い感情が俺の中に渦巻く。

(本当は大したことないんじゃないのか。こいつが下手なせいで、遥は死んだんじゃないのか)

半ば八つ当たりじみた暴論なのは自覚があった。だがそれでも、神崎を責める気持ちを抑えられなかった。

恨みがましく俺は神崎の顔を覗き込み、

(……え)

思わず、ごくりと唾を飲んだ。

鬼のような形相だった。見たこともないほどに険しい顔をして唇を嚙み、神崎威臣は必死に己への怒りを堪えていた。

研修医になりたての頃、上級医が「そのうち患者が死んでも何も思わなくなるよ」と言っていたことを思い出す。「いちいち感情移入してたら耐えられないからさ」、とも。

（……神崎）

俺はこの男が嫌いだ。陰気で何を考えているのか分からないし、研修医にいつも厳しい。医者なんだから寝ずに働けと言わんばかりの仕事ぶりは、俺たち若手の世代からすれば完全に時代遅れだと感じる。

なんでこんな奴が名医だのなんだのチヤホヤされてるんだろう、と疑問だった。だが今になってようやく、俺はほんの少しだけ、その理由がわかった気がした。

しばらくして参列者が献花を終えた。葬儀業者に連れられ、遥の体がゆっくりと運び出されていく。待ち受けていた霊柩車（れいきゅうしゃ）の中に遥と家族たちは乗り込んだ。

扉が閉まり、車が動き出す。駐車場を出て行き、車の後ろ姿が見えなくなっても、俺はじっと立ち尽くしたままだった。

「志葉。……行こう」

朝比奈が俺の腕を引く。俺は緩慢な動作で頷いた。

もう、俺にできることは何もない。ここで呆けていたところで、湊遥が死んだという事実は変わらない。

頭ではそう分かっていても、胸の奥にはぽっかりと穴が開いてしまっていた。

(……もし)

ぼんやりする頭で、俺は空想する。

(もし、過去に戻れるなら)

ありえないことは百も承知だ。なのになぜか、その空想が頭から離れない。俺は思考に埋没する。

(もう一度やり直せたら、助けられるのかな)

――約束して。私を助ける、って。

過去に戻れるなら、次こそ俺は約束を果たしたい。果たさなくてはいけない。

俺は強く、砕けそうなくらいに歯を噛み締めた。逃避じみた考えを振り捨てるように、足に活を入れてゆっくりと一歩を踏み出す。現実に体を引き戻すかのように。

その時、りん、と風鈴が鳴るような音が聞こえた。透き通るように綺麗で、それなのに体中が総毛立つような空恐ろしさを覚える、奇妙な音色だった。

何の音だと俺は周囲を見回そうとする。だがその瞬間、

「――ッ」

ぐらりと視界が傾いた。立っていられないほどのめまいが俺を襲う。思わず膝をついた。

「ガッ……、オェッ……」

気持ちが悪い。頭がガンガン痛む。耳の奥で自分の血管が拍動する音が聞こえる。

「――葉⁉　大丈――⁉」

朝比奈の声が聞こえる。だがその音は妙に濁って遠い。まるで違う世界にいるかのように。

目が回る。立ち上がれない。腹の中のものを全部地面にぶちまけてしまったが、それでも胃が飛び回って暴れている。

（あ、頭、が――）

いよいよ頭痛がひどくなる。頭が割れそうだ。今すぐ頭蓋骨を切開して脳味噌(のうみそ)を直接押さえて痛み止めを注射したい。

耐えきれず、俺は獣のように咆哮(ほうこう)した。

「ん……あれ」

目を覚ますと、頭がずきりと痛んだ。どこかに寝かされているらしい。指先に木の板が触れている。

（ここは……）

時々遥と来ていた、あの神社だ。木の匂いや古びた天井の木目には覚えがある。

なんでこんなところに、と俺は首をひねる。遥の遺体を見送ったあと、猛烈なめまいと頭痛に襲われたことは覚えている。誰かが倒れてしまった俺を運んでくれたのだろうか。だが、なぜわざわざこんなところに。

朦朧（もうろう）とする頭で考え込む俺の耳に、若い女性の声が聞こえた。

「ヤブ医者？　どうしたの」

その、呼び方。すっかり耳に馴染（なじ）んでしまった、しかし二度と聞くことのないはずの、声。

俺はゆっくりと声のした方へ振り向いた。

湊遥が、神社の縁側に腰掛けて俺を見ていた。

「すっかり眠り込んでると思ったら、いきなり叫び出してさ。大丈夫？」

声が出せない。目の前の現実を受け入れることができなかった。

「はる、か？」

「……何？　なんでそんなびっくりしてんの？　キモ」

わけが分からない。動転したままの頭で、何が起きているのかを考える。

「本当に、遥なのか」

「あのさ。ヤブ医者、大丈夫？　寝ぼけてんの？」

小馬鹿にした口調で俺の顔を覗き込んでくる。間違えようがない、紛れもなく湊遥だ。

遥を手術室に見送り、手術が失敗したと連絡が入って駆けつけ、遥の死亡を確認し、その遺体を送り出したところまで、俺は鮮明に覚えている。

だがこうして遥が生きているということは、つまり遥の手術は実は成功していたということなのだろうか。全然納得がいかないまま、俺は遥に尋ねる。

「なあ、遥。お前、手術が終わったあと、どこで何やってたんだよ。俺はてっきり、手術は失敗したもんだとばかり……」

「何言ってんのヤブ医者。それ、嫌味？」

遥は呆れたように頭を振った。

「手術は明日でしょ。さっきもその話したばっかりじゃん」

今度こそ、俺は言葉を失った。

「……は？　今なんつった？」

「だーかーら、私の手術は明日やるんでしょ。マジで寝ぼけてる？」

手術が延期になったということだろうか。いや、俺はそんな連絡は受けていない。主治医である俺が知らない手術予定の変更を遥が知っているのは妙だ。

あるいは、連絡があったことに俺が気付いていないだけか。そう思って白衣の胸ポケットからピッチを取り出し、着信履歴を俺は確認した。

予想通りだが、着信はなかった。だが一方で、全く別のことに関して、俺は目を疑った。

ピッチの待ち受け画面には今日の日付や時間が表示される。表示された日付は十一月二十六日。今朝、遥を手術に見送った時にたまたまピッチを確認した時、確かに俺は十一月二十七日という表示を見た。

スマホを見ると、やはり日付は十一月の二十六日だ。俺は混乱した頭で遥に尋ねた。

「なあ、遥。今日、何月何日だ」

「……ヤブ医者、さっきからマジで変だよ。頭でも打ったんじゃない」

「いいから、教えてくれ。今日は何月何日なんだよ」

俺の剣幕にたじろぐように遥は身を引いたあと、

「十一月二十六日でしょ。決まってるじゃん」

そう言って首を傾げた。一方俺はその言葉を聞いて、信じがたい結論に至らざるを得なかった。

「時間が……」

「え？」

「時間が、巻き戻ってるのか」

俺は一度、十一月二十七日に湊遥の死を経験した。そののち、どういう理屈か分からないが、こうして二度目の十一月二十六日に戻ってきたのだろう。

（いや——）

そもそもこれは、本当に二度目なのか。以前遥とこの神社に来た時に見た悪夢——湊遥の死体とそれを見送る人々の光景を思い出しながら、俺は黙考する。ひょっとしたらあれが一回目で、今は三回目なのではないか。そう考えても、何も矛盾はない。

（タイム、リープ……）

同じ時間を何度も繰り返すこと。記憶を持って過去の時間に戻った主人公は、過去の出来事に干渉することができる。SFではお馴染みの設定だろう。

いやいやいや、と頭の奥で苦笑いする。タイムリープはあくまでフィクションのアイディアであって、現実世界で過去に戻るなんてことはありえない。タイムマシンは空想の世界にしか存在しない。

(そうだ。タイムリープなんてあるわけない。あんなのは、ただの夢だ)

我ながら呆れるほどにひどい夢だ。これから遥は命がけの手術に挑むというのに、不謹慎にもほどがある。

俺は遥の背を押し、病院に戻ることにした。夜風に吹かれて舞う紅葉も、曇り空の向こう側に滲む月も、暗い夜道も、全てに強烈な既視感を覚える。ありえないと思いつつ、どうしても時間が巻き戻っているのではないかという想像が頭から離れなかった。

遥を送り届けたあと、俺は病院備え付けの喫茶店でコーヒーを買い一服したあと、研修医室に戻った。室内にはどことなく酒の匂いが漂っており、ゴミ箱の中には空になった缶ビールが数本投げ込まれていた。研修医の誰かが酒盛りをしていたのだろう。

幸い今は誰もいないようで、俺は自分の机に座り、じっとスマホをいじっていた。なんとなく気持ちが落ち着かなくて、大人しく家に帰る気がしなかったのだ。

「過去に戻る、か」

俺が見ているのは某SF映画で、主人公がタイムトラベルを繰り返すというものだ。

「まさかな。……あんなの、夢に決まってる」

いつの間に俺はここまで想像力がたくましくなったのだろう。自分が過去に戻っている？　馬鹿馬鹿しい、そんなことあるわけがない。二十四歳にもなって考えることではない。

分かっている。分かっているのに、どうしてもこの考えがつきまとって離れない。

俺は黙々と映画を見続けた。映画の主人公はヒロインを助けるために何度となく過去に立ち戻り、そして最後は見事に死の運命を克服して救い出していた。

映画を見終わった時はもう遅い時間だった。寝るためだけに家に帰るのも面倒になり、俺は備え付けの汚いソファに横になった。

翌朝、遥の手術の時間がやってきた。俺は見送りのために遥の病室に向かい、両親と一緒に手術室に向かった。

エレベーターを降りて手術室の出入り口を前にした瞬間、俺は思わず立ち止まった。

「ヤブ医者、ちょっと。どうしたの」

後ろの遥がせっついてくる。だが俺は返事をすることもできなかった。

手術室の光景に強烈な既視感を覚えることは、まだいい。朝の手術室前が賑わって
いるのはいつものことだ。だが、

「じゃあ、リストバンドをチェックしますね。……はい、オッケーです。確認です、
今日手術するのはどこですか？」

「え？ なんだって？ よく聞こえんよ」

「今日手術するのはどこですか!?」

「うるさい！ 耳元で怒鳴るな！」

周囲の患者やスタッフの顔ぶれと会話まで記憶にあると感じるのは、どういうこと
か。

わけが分からないままに、俺は遥を手術に送り出した。

病棟に戻り、遥の手術が終わるのを待つ。ピッチを強く握りしめ、どうか鳴らない
でくれと祈り続ける。

――あの子が、死んじゃう！

ふるふると首を振る。俺の記憶――と呼んでいいのかは疑問だが――では、そろそ

ろ朝比奈からピッチがかかってくる頃だ。

その時、突然ピッチがけたたましい音を立てた。俺は全身から血の気が引くのを感じた。

『もしもし⁉　志葉⁉』

「朝比奈か」

俺は椅子から立ち上がった。朝比奈は電話越しでも明らかに動揺していると分かるほどに裏返った声で、

『湊さんが……！　あの子が！』

同じだ。あの記憶と、どこまでも一緒の展開だ。俺は手術室に向かって走りながら、朝比奈の言葉を聞いた。

『手術の途中から、急に様子がおかしくなったの！　血圧も戻らないし、出血が止まらない！　このままじゃ——あの子が、死んじゃう！』

階段を二段飛ばしに駆け下り、手術室に向かった。着替えることすらもどかしく、手術着を雑に羽織って走る。

薄緑色の廊下を駆け抜け、俺は手術室に飛び込んだ。

消毒薬の香りがわずかに漂っている。寒いほどに手術室の中は冷やされていて、ま

るで冷蔵庫の中に入ったようだ。俺はぐるりと部屋の中を見回した。

しんと沈黙したモニター。うつむく神崎。しゃくり上げる朝比奈。何もかもに、見覚えがあった。そして、

「……遥」

湊遥が術中死したことを、知らされた。

返事すらできずに、俺はふらふらと手術室を出た。

(なんだ……なんだよ、これ)

目の前の現実を受け入れられなかった。かつて見た光景をなぞるように、遥は再び死の淵に落ちた。

病院の中を当て所もなく歩き続ける。だが、

「ガッ……ああ……！」

ぐわんと視界が揺れる。耳鳴りが止まらない。吐き気も。

俺の視界がぐるりと一回転し、そのまま暗くなった。

「ヤブ医者？　どうしたの」

目を覚ますと、見覚えのある光景が目の前に広がっていた。あの神社の中だ。綺麗

に掃除された室内には、わずかに木の匂いが漂っている。

俺は何度か目を瞬かせたあと、おもむろにがばりと起き上がった。

「ちょ、ヤブ医者。何、急に」

遥が何やら言っているが、それどころではない。俺はやにわに強く脈打ち始めた心臓の音を聞きながら、頭をフル回転させる。

(気のせいでも、勘違いでも、ない)

いくらなんでもあれが夢や妄想のはずがない。ついさっきまで、俺は確かに手術室にいた。遥の死体に触れ、その冷たさに絶望した。その直後、これまで味わったことのないめまいに襲われ、そして――。

(本当に……過去に戻ってるのか)

俺は自分の手をじっと見つめた。まさか、という思いが、段々と塗り潰され、別の感情に置換されていく。

当たり前のことだが、人間は過去に戻ることはできない。時間は過去から未来に向けて流れる川のようなもので、それを逆行することなんてできるはずがない。

だが一方で、俺が置かれた状況は現状、他のやり方では説明できないのも確かだった。

沸騰していた頭が、徐々にクールになっていく。俺のやるべきことが煮詰まっていく。

もし、運命の悪戯（いたずら）で、俺が過去に戻ったのであれば。まだ遥が生きているこの状況であれば。

（未来を、変えられるかもしれない――）

遥を、救える。

そうして。

誰にも知られない俺の戦いが、始まった。

Chapter 3　けれど、未来は変わらない

「手術に参加させてほしい？」

遥を大急ぎで病棟に送り届けたあと、俺はその足で心臓血管外科部長室へ向かった。時刻は夜の七時、「家よりも病院で寝る回数の方が多い」と評判の神崎であれば、まだ病院にいるはずだと踏んだのだ。果たして部長室の扉をノックした俺を待ち受けていたのは、晩ご飯と思しきカップラーメンをすする神崎の仏頂面だった。

「お前はなるべく手術室に入りたくないものだと思っていたがな」

神崎はカップラーメンの麺をハフハフと冷ましながら言った。神崎に勧められて部屋の片隅に積まれた段ボールの上に腰掛けた俺は、小さく頭を下げる。

この男の言う通り、俺はできれば手術なんてものに参加したくない。手術着は暑いし気は抜けないしたまに怒られるし、正直面倒な仕事なのだ。だが、

（何か、手伝えることや気付けることくらいはあるかもしれない）

例えばモニターが乱れているとか、止血操作が不十分だとか、それくらいなら俺でも指摘できる。記憶が確かなら、神崎は遥の手術が上手くいかなかった理由を不整脈

や出血コントロールの失敗と言っていた。それが分かっていれば、打てる手はあるはずだ。

神崎は無言でカップラーメンを食べ続けている。ひょっとしてこれ断られるかな、もっと真面目に仕事しとけば良かったと後悔し始めたあたりで、神崎はもったりと頷いた。

「構わん。許可する」

「え。あ、はあ」

「お前が言い出したことだろうが、なぜ驚く」

神崎はカップラーメンの残り汁を飲み干した。

「研修医に主体性があるのは良いことだ。俺は向学心を尊重する。明日の手術は、お前も参加しろ」

「あ……ありがとうございます！」

俺は何度も頭を下げた。神崎は苦笑いしながら「さっさと寝ろ」と俺を追い出した。

部長室を出たあと、俺は体が火照ってくるのを感じた。今日は研修医室に泊まって、徹夜してでも冠動脈バイパス術（CABG）の手順を頭に叩き込むつもりだった。

波場都大学医療センターには合計で十名程度の研修医がおり、俺や朝比奈はその一員だ。研修医には専用の研修医室が設えられており、仮眠や自習で使えるようになっている。

もっともあくまでそれは建前で、実際の研修医室では夜中に酒盛りをしたり大先輩が遺していったエロ本を回し読みしたり大画面テレビでMeTubeを見たりとやりたい放題で、実情としては研修医の「溜まり場」とでも言うべきだろう。

神崎に手術参加を頼んだあとに研修医室に戻ると、備え付けのソファに二人の女が並んで座っていた。俺は声をかける。

「潤さん。と、朝比奈か」

「よ、志葉。お邪魔してるよ」

潤さんは片手を上げて挨拶した。

「この病院は研修医室が綺麗でいいね。大学は豚小屋だったよ」

「まあ、大学病院の設備がぼろいのは全国共通ですからね」

潤さんの横で朝比奈がトゲのある声を出す。

「どこ行ってたの。あんたがいなかったから、処方私がオーダーしておいたよ」

「悪い悪い」

俺は研修医室の奥、自分の机に腰掛けた。近くの本棚を漁り、心臓外科手術の本を見つけ出す。鈍器としても使えそうなくらい分厚い本を広げていると、潤さんが目を丸くして俺の顔を見た。

「珍しい。志葉が勉強してる」

「俺だってたまには勉強しますよ」

「志葉も真面目になったねえ……学生の頃、追試地獄になってた志葉が懐かしい」

「昔のことをほじくり返さないでくださいよ」

朝比奈が小馬鹿にしたような顔で鼻を鳴らした。この女はどうせ追試なんて受けたことがないのだろう。潤さんがケラケラと笑いながら、

「その調子で仕事覚えてくれよ、研修医が優秀だと麻酔も楽なんだわ」

「俺らの場合は、まずは人に迷惑かけないようにするので精一杯ですけどね。何せ器具の使い方も薬の種類も分からない」

医師国家試験はただのペーパーテストで実技試験は含まれない。俺たちは医師免許を取った瞬間にいきなり前線に放り出される。人によっては採血すらしたことがないままに医者になったなんて話もあるくらいだ。

潤さんはひらひらと手を振り、

「それで十分だよ。最近なんだか周術期に亡くなる人が多くてね、うちの部長がピリピリしてるんだ。この間も研修医の子が怒鳴られてて可哀想ったらなかったね」

「へえ。何か理由があるんですかね」

「さあ？　まあ、絶対安全な手術なんてない――って言ってしまえば、それまでなんだけどね」

肩をすくめる潤さん。

俺は雑談もそこそこに勉強を始める。明日の遥の手術のために、できることはなんでもやっておきたかった。

しばし時間が過ぎる。俺は全然集中できていなかった。というのも、

「だから、女医は職場恋愛しない方がいいんだって。医者の男なんてどうせ浮気するんだからさ」

「んー……。でもなかなか職場以外の出会いってなくないですか？」

「それはそうだけどねえ」

研修医室の一角では女子会が始まっていた。潤さんが俺に声を投げる。

「そうだ志葉、知り合いにフリーのいい男いない？　イケメン希望」

「なんで俺に振るんですか」

これでは勉強が進まない。ため息をついて潤さんたちに向き直ると、いつの間にか潤さんの手には缶ビールが握られていた。すっかりくつろいでいる。

「だって聞いてよ志葉、この子、この前意を決して人生初の合コン行ったけど、誰からも連絡先聞かれなかったんだって」

「ちょっと、成部さん」

「こんなに可愛いのにねえ」

潤さんはぐりぐりと朝比奈に頬ずりした。朝比奈も困った風に眉根を寄せてはいるものの、嫌そうではない。仲良いなあんたら。

俺は朝比奈の顔をまじまじと見た。「何？」と朝比奈がつっけんどんな声を出す。ただでさえ鋭いまなじりがさらに吊り上がる。俺はため息をついた。

「なんとなく理由は分かるけどな」

「志葉、あんた何か失礼なこと考えてるでしょ」

「トイレで鏡見てこいよ、ゴル○サーティーンみたいな目付きの女がいるから」

朝比奈が空になったビール缶を投げてきた。俺はひょいと避ける。

「そういう志葉はどうなのさ。彼女できた？」

「俺っすか。いや、今はいないっすね」

「今も、だろ」

潤さんのツッコミは聞こえなかった振りをする。朝比奈が言った。

「湊さんは？　仲良いじゃない」

俺はしばし、ぽかんと口を開けて朝比奈を見た。

「マジで言ってんのかよ。勘違いも甚だしいぜ」

「別に私だけそう思ってるわけじゃないよ。病棟の看護師さんたちも噂してる」

俺はブンブンと首を横に振った。

「冗談じゃない。あいつ、俺が診察するたびにセクハラだなんだ騒ぐんだぜ。会うだけで疲れる」

「ふうん」

潤さんがニヤニヤしながら俺の机に目をやる。先ほど読んでいた心臓外科の手術の本だ。俺は潤さんが考えていることに思い至り、慌てて否定する。

「違いますよ、邪推です。別に遥の手術のために勉強してるわけじゃ……」

「遥？　ああ、湊さんか。下の名前で呼んでるんだ、ふーん」

いよいよ潤さんの笑みが深くなる。だめだこれ、と俺は否定することを諦める。

「これはもっと詳しい話を聞かないとなあ。ほら、志葉こっちおいで」

「いや、俺は勉強しなきゃいけないんで……」

「君が昔、教科書開くと蕁麻疹が出るって言ってたのを私は忘れてないよ。いいからホラ」

強制的に潤さんの横に座らされる。目をキラキラさせながら根掘り葉掘り質問してくる女医二人にげんなりしながら、俺はウーロン茶をチビチビ飲んだ。

女子会はたっぷり数時間続いた。

翌朝。手術室の入り口まで遥を送ったあと、俺は大急ぎで更衣室に向かい手術着に着替えた。手術着というのは「清潔だけど清潔感のない服」であり、ボロボロに糸がほつれてみすぼらしく下着が見えてしまうものの、高温滅菌によって細菌一つ表面についていないと言われている。

手術室用のサンダルに足を通し、俺は遥の手術室に向かった。手術室に入ると、独特の消毒剤じみた匂いが鼻元をくすぐった。無影灯によって煌々と照らされた室内には、患者を寝かせる手術台を中心に人工呼吸器や電子カルテ、点滴台やシリンジポンプが置いてある。

「あれ。志葉、今日の子の担当だっけ」

電子カルテをいじっていた麻酔科医がこちらへ振り向く。マスクと帽子をつけているから分かりづらいが、この声は間違いない。俺は小さく頷き、

「飛び入りで参加させてもらいました。よろしくお願いします、潤さん」

「珍しいね、志葉が自分から手術やりたいって言うなんてさ。……あ、分かった」

マスク越しでも分かるほど、潤さんは嫌らしいにやけ顔をした。

「女子高生の裸が見たくて来たんだろ。全身麻酔かける時は服脱がせるもんな」

「そんな余裕があれば、いいんですけどね」

俺の反応が予想外だったのだろう、潤さんは目をぱちくりさせた。

「いつになくマジだね」

「ええ。まあ」

「そっか。茶化して済まなかった」

潤さんは丸椅子をくるりと回して俺へ向き直った。

「麻酔は任せてよ。若者は麻酔切れやすいんだ、たっぷり盛っておくよ」

「お願いします」

俺は頷いた。次第に昂(たかぶ)ってきた心臓を鎮めるように、俺は目をつむって深呼吸を繰り返す。

しばらく待っていると、遥が部屋に入ってきた。遥は不安そうに手術室の中を見回したあと、俺を見て声を上げた。

「……ヤブ医者？」

「ああ」

「ヤブ医者も手術するの？」

「執刀医は神崎先生だ。俺はアシストだよ」

「そう、なんだ」

どこか残念そうに目を伏せる遥。

看護師に促され、遥は手術台の上に横たわった。遥の頭側(とうそく)――頭の上側に立つ潤さんが話しかける。

「点滴から眠くなる薬を入れるよ。少し針が入っているところが痛むことがあるから、それだけ覚悟しておいて。あとは神崎先生たちに任せて大丈夫。起きたら手術は終わってるよ」

潤さんの説明を聞き、硬い表情で頷く遥。諸々(もろもろ)のモニターを装着したのち、潤さんは遥に全身麻酔(プロポフォール)を静脈注射した。

「湊さん」

「……はい」

「だんだん眠くなるよ。ゆっくり深呼吸して」

潤さんが遥に語りかける。何度か同じようなやりとりを繰り返すと、

「湊さん」

「…………」

「湊さん。分かりますか」

「…………」

遥の反応がなくなった。全身麻酔によって意識が消失したのだ。

この時点で自発呼吸も停止するため、麻酔科医による人工呼吸管理が開始される。

潤さんは手際良く気管チューブを挿入し、遥を人工呼吸器に繋いだ。

「挿管終了。……じゃ、執刀医の先生方。お願いします」

いつの間にか横にいたのか、俺の隣で麻酔の様子を見守っていた神崎が首肯した。

神崎に指示され、同じく助手として手術に入る朝比奈と一緒に、手術室の外に備え付けの洗面台で入念すぎるほど入念に手を洗ったのち、俺は手術用のガウンとゴム手袋を装着した。遥に手術用の滅菌布をかけ、手術部位である胸部だけを露出させる。

真っ白い肌が見えた。

神崎と俺に朝比奈、それに器械出し——手術器具を載せた台の横に立ち、医師に電気メス（バイポーラー）や鉗子（ペアン）などを渡す作業を担当する看護師の四人が遥を囲む。そのほか、麻酔科医である潤さんや外回りの看護師など、数人が控えている。

（……息が、しづらい）

空気が張り詰めていて痛いほどだった。自分の呼吸がやたらとうるさく聞こえる。

俺はぎゅっと手を握り締めた。

「手術概要を説明する」

神崎の声が手術室に響く。神崎は祝詞のように滔々と言葉を繋いだ。

「患者は十七歳の女性。高安動脈炎を基礎疾患に持ち、それに伴う冠動脈（かんどうみゃく）の狭窄に対して冠動脈バイパス術（CABG）を行う」

俺は全身がびりびりと緊張するのを感じた。汗が一筋、頬を伝う。

「——手術を開始する」

手術開始とともに部屋は怒号に包まれ、殺気立った顔をした医者が一心不乱に患者を切り刻み、アラーム音がけたたましく部屋に鳴り響く中、様々な薬剤が患者に投与されていく——というのは医療ドラマでよくある手術のワンシーンだが、現実の手術というものは至ってもったりと開始される。

神崎は冠動脈バイパス術（CABG）としては極めて標準的な手法で淡々と手術を進めていく。危ない橋は渡らず、一つ一つの手順を噛み締めるように着実にこなしていく。

胸骨を正中で切開、心膜縦切開。冠動脈病変部を肉眼で確認したのち、グラフトのデザインを描く。今回は高安動脈炎の病変が鎖骨下動脈などの大血管にはないことを確認のうえ、左内胸動脈を選択する方針とする。超音波メスにて動脈を剝離、skeletonization（選択的グラフト採取）を行う――。

波乱はない。血圧や心拍数などは非常に安定しており、潤さんが暇そうにあくびをしているのが見えた。看護師同士も四方山話（よもやまばなし）に花を咲かせている。

これでいいのだ。手術というのは波乱万丈であってはならない。想定された工程を想定通りにこなしていく作業でなくてはいけない。それでこそ、患者の安全は担保される。

以前、俺の先輩が言っていたことがある。「本当に上手い外科医の手術は、俺にも、できそうと思わせてくる」と。

神の手と言えば聞こえはいいが、並大抵の外科医では届かないほど卓抜した技術が要求されるということはつまり、「危ない橋を渡らざるを得ないほどに難しい状況まで追い詰められてしまった」ということでもある。

真に上手い外科医は、入念に患者の患部を想像し何度もイメージトレーニングを行い、あらゆる合併症を想定する。手術をいかにして成功に導くか、確たるイメージを事前に作り上げておく。彼らは、手術が始まる前にすでに手術を八割方終えている、ということだ。

神崎の手は細かく、迷いも淀みもなく動いていく。俺はちらりと手術台横のモニターを見た。相変わらず安定している。俺の中で希望がむくむくと膨らんできた。

（これなら――）

遥を救えるのではないか。そう思った、矢先だった。

「……なんだ？」

神崎が手を止めた。俺は彼の顔を覗き込む。

「どうしたんですか」

神崎は答えない。眉をひそめ、モニターと術野を見比べている。何か引っかかることがあるのだろうか。俺はもう一度、

「どうしましたか、神崎せんせ――」

その瞬間、けたたましいアラーム音が突然、手術室中に響き渡った。

「――酸素飽和度（サチュレーション）落ちてます！　85％！」

看護師が叫ぶ。

潤さんが険しい顔で忙しなく人工呼吸器の設定をいじる。だが、

「心室期外収縮（PVC）多発！　血圧下がり止まりません！」

「外液（ソリューゲン）投与速度全開にして！　FiO2上げます、昇圧剤（ノルアド）持続投与開始！　主科の先生、いいですね⁉」

潤さんに尋ねられ、神崎は頷く。俺は心臓の鼓動が速まるのを感じた。

（なんだ？　何が起きてる？）

悩む余裕はなかった。やにわに手術室の中が騒がしくなる。

「放送流して！　人を集めて！」

「不整脈出てます！　レート上昇止まりません！」

次々に人が飛び込んでくる。だが遥の容体は急速に悪化し、

「――波形乱れてます、心拍確認できません、先生！」

「心室頻拍（VT）だ！　体外循環式心肺蘇生（ECPR）行くぞ、急げ！」

直（じか）に遥の心臓を握り締め心臓マッサージを行いつつ、神崎が指示を飛ばす。手術室に入ってきた他の医者たちが遥の足元に群がってきて、見たこともないくらい太いカ

テーテルを挿入しようと躍起になっている。

「脱血、送血確保しました！」

「……ダメだ、酸素飽和度（サチュレーション）取れない！　どうなってる、入れ直すか⁉」

その様子を、俺は遥の横に立ち尽くしてただ見続けることしかできなかった。

（なんだ……こんなの、どうすりゃいいんだよ……⁉）

もどかしい。何かをやるべきだということは確信できる。だがその何かが何なのか、俺には分からない。

（なんで……こんなに無能なんだよ、俺は！）

動揺と苛立ち、また遥が死ぬのではないかという恐怖で、俺は完全にパニックになっていた。オペで使っていた筋鈎を持ってアホのように立ち尽くしながら、俺はただ、狂乱の手術室を眺めているだけだった。

だがその騒ぎも徐々に静まっていく。まるで、じわじわと息の根が止まっていくように。

「神崎先生。……患者の心拍が、停止しました」

看護師の一人が、おずおずと神崎に言った。その頃には手術室は麻酔科医や看護師、たまたま居合わせた他科の医者であふれていた。

神崎は小さく頷き、手術台の上に置かれた持針器を手に取った。

「このまま閉創に入る」

その言葉を聞いて、俺は思わず口を挟んだ。

「待ってください。手術はまだ」

「志葉」

神崎が鋭い声を上げた。

「患者は死んだ。これ以上患者を切り刻むことは、死者への冒瀆だ」

その言葉を、何度も俺の中で咀嚼する。

(遥が、死んだ。また)

そう。また。また、死んだ。

俺はいまだ露出したままの遥の心臓を見た。つい先ほどまで確かに心拍を刻んでいたはずの赤い臓器は、今は微動だにせず沈黙している。

自分の口から、自分のものではないような声が漏れた。呻き声を上げながら、俺はふらふらと手術台を降りた。周囲に立っていた医者や看護師は気味の悪いものを見るような目をして俺に道を開けた。誰も俺を呼び止める者はいなかった。

手術室の廊下はがらんとして誰もいなかった。俺は足元も覚束ないまま歩き続けた。

特に行き先があったわけではない。ただ、とにかく手術室から逃げ出したかった。この現実から目を背けたかった。

だがその情けない逃避行動も長くは続けられなかった。突然、

「うっ、ぐあ……！」

視界がジェットコースターにでも乗せられたようにぐるりと一回転した。胃の中身を全部ぶちまけそうになる猛烈な頭痛が俺を襲う。

あの時と一緒だ。以前のループ（二回目）で、遥の遺体を病院から送り出したあと、俺を襲ったあのめまいだ。

床に倒れ込む。自分の吐瀉物に塗（まみ）れ、最低の気分をこれでもかと味わいながら、俺は気を失った。

「ヤブ医者？　どうしたの」

その声を聞き、俺はうっすらと目を開けた。

そろそろ見慣れてきた神社の境内。古びた木、やたらと綺麗な本殿。そして、

「すっかり眠り込んでると思ったら、いきなり叫び出してさ。大丈夫？」

俺の横で縁側に座る遥が、そう言って小首を傾げる。俺はなんと答えるべきか悩ん

だ後、

「……いや。変な、夢を見ててさ」

「ふーん。確かに顔色悪いね。もうちょい休んでいこっか？」

「いや、大丈夫だ。明日は手術だろ。帰ろう」

俺は遥を急かし、早々に神社を後にした。

遥を病室に送ったあと、俺は人気のないナースステーションで頭を抱えた。遥の術中死という形で前回のループは失敗に終わった。だが何度思い出してみても、遥の死の原因は思い当たらなかった。

（なんでだ？　なんであれで失敗するんだ？）

手術の手技は問題なかった。麻酔の導入もスムーズだったし、出血コントロールも十分できていた。なのにある瞬間、積木（つみき）が音を立てて崩れるように、遥の全身状態は一気に破綻したのだ。

そもそも今回の冠動脈バイパス術（CABG）は決して危険な手術ではない。心臓を直接いじる以上は相応のリスクはあるが、事前に入念に準備をし、満を持しての執刀だった。心筋梗塞直後の緊急手術などならともかく、リスクの少ない若年女性の術中死なんて聞いたことがない。

（……あるいは、まさか……）

確かに俺は、どういう理屈かは分からないが過去に戻ることができる。でも、できるのはそこまで。

未来に起きるはずの出来事は決まっていて、俺なんかがいくら頑張ったところで何も変わらないのではないか。

慌てて頭を振ってその想像を振り払う。いくらなんでも無茶苦茶だ。物事には因果関係というものがある。俺の行動が変わるなら、その結果も自ずと変化するはずだ。大丈夫だ。手術中の死亡なんて何度も起きるようなことではない。次はきっと、遥の手術は成功するはずだ。これまではたまたま、運の悪い事故が重なったに決まっている。

（あんなわけの分からない術中死、何度も起きてたまるか）

拳を握りしめ、俺は神崎のいる心臓外科部長室へと向かった。手術に参加させてもらえるよう頼みに行くためだ。前回同様、神崎は俺の手術参加を快諾した。

翌日、朝から湊遥の手術が開始された。

滅菌ガウンに身を包んだ医者や看護師。人工呼吸器に繋がれ眠る遥に、規則正しく心拍数を刻む手術モニター。全てが記憶と一緒だった。

「患者は十七歳の女性。高安動脈炎を基礎疾患に持ち、それに伴う冠動脈の狭窄に対して冠動脈バイパス術（CABG）を行う」

前回同様のセリフを言う神崎。今度こそ、と俺は唾を飲む。

だが、

「人を集めて！」

「不整脈出てます！」

「心拍確認できません！」

何もかもが、前と同じだった。突然崩れる遥の生命兆候（バイタル・サイン）、人があふれ返る手術室、

そして、

「――患者の死亡を、確認しました」

術中死する遥。

俺は投げ捨てるように筋鈎を置き、ふらふらと手術室を出た。誰かが「おい、研修医！どこ行くんだ！」と諫（いさ）めるのが聞こえたが、無視した。

手術用の滅菌ガウンを脱ぎもせず、当て所もなく院内を歩く。足が向かった先は心臓血管外科の病棟だった。ナースステーションで仕事をしていたらしい高峰さんが、

「あ、志葉先生？ちょうどよかった、頼みたいことが――って、どうしたの、その

格好？」

眉をひそめる高峰さん。手術室でもないのにガウンも手袋も付けっぱなしの俺を非難しているのだろう。だが、それに答える余力は俺には残されていない。

「あのさ、先生。そんな血がついた手袋であっちこっち触られたら感染制御室(ICT)に殺されー──って、先生!?」

高峰さんの声が遠い。俺はふらりと倒れ込み、その場にうずくまった。

頭がガンガン痛む。視界が回転して目を開けていられない。いつものあれだ。

（ああ、もう、いっそ……このまま楽になれねえかな）

朦朧とする意識の片隅で、そんなことを考えた。そして俺は、再び意識を手放した。

そこから先は一緒だった。神社で目が覚め、横には遥が座っている。

俺は早々に遥を病棟へ送り、神崎に手術参加を申し出る。翌朝、遥の手術が開始される。手術開始から二時間と少々が過ぎた頃、遥の状態が急変する。その後わずか数分で、遥は死ぬ。

最初、俺は何か手術にミスがあったのではないかと考えた。例えば神崎が気付かない間に心臓の急所である洞房結節(どうぼうけっせつ)を電気メスで焼いてしまったとか、心膜と一緒に大血管まで切ってしまったのではないかということだ。いくら全国的に名前の知られた名医とはいえ、一人の人間である以上、ミスはありうる。

だが何度か繰り返して神崎の動きを見続けた俺は、彼の手技は全面的に問題がないという結論に至らざるを得なかった。いっそ腹立たしいほどに、神崎の手術は精緻で完璧だった。

次に俺は麻酔科医である潤さんが、何か急変のサインを見逃したのではないかと思った。目を皿のようにして遥の生命兆候（バイタル・サイン）を示すモニターを手術中にらみ続け、何か少しでも妙な点があったら即座に指摘し対応すれば、結果は変わってくるのではないか。

しかし、これも徒労に終わった。潤さんは大学病院から「次代麻酔科のエース」と鳴り物入りでこの病院に派遣された若く優秀な麻酔科医だ。麻酔薬の選択をはじめ、術中管理には一切問題点を見つけられなかった。

ことここに至って、俺は認めたくない現実に向き合わざるを得なかった。

湊遥の手術はなんの問題もなく遂行されている。医師もスタッフも、考えうる最善の行動を取っている。にもかかわらず、湊遥は術中死してしまう。

どうすればいい。手術自体に修正を施す余地がないのなら、どうやって遥の手術の結果を変えられるというのだ。

次第に、俺の頭の中をある言葉が旋回するようになっていた。振り払っても振り払っても、それは俺の肩に重石のようにまとわりついてくる。

（――運命）

俺のループは、すでに十二回目に達していた。

「手術を延期したい？」

俺の提案を聞き、神崎は呆気に取られたように目を丸くした。部長室の椅子に座り、カップラーメンに湯を注ぐ手を止めて神崎は俺に向き直る。

今回、俺は前のループまでとは別の作戦を取ることにした。それは「遥の手術を中止させること」だ。原因は不明だが、これまでのループで遥が死亡するのはいずれも手術中の出来事である。ならそもそも、手術自体を行わなければ遥が死ぬことはないという理屈だ。

「なぜだ。理由を説明しろ」

「理由は……」

俺はごくりと唾を飲み、黙り込んだ。「手術が失敗し、遥が死ぬことになるからです」――。俺だけが知っている未来の事実だ。だがそれを馬鹿正直に話したところで、気でも触れたかと思われるのがオチだろう。

　俺はおずおずと口を開いた。

「まだ患者が十分に納得していません。今日も手術や医療者に対する不信感の表出が見られました。手術を急がず、まずは再度の説明をするべきだと思います」

「手術前の患者で不安を訴えない方が珍しい。患者には後で俺が再度説明しておく」

「でも」

　食い下がろうとした俺だが、神崎は遮るように不機嫌な声を出した。

「ただでさえ、手術日程を早めて明日まで繰り上げた経緯もある。これ以上手術日を変更することはできない」

「え？」

　俺は不審に思って眉をひそめた。今の神崎の言葉は、まるで遥の手術日を無理やり前倒しにしたように聞こえた。

「なんで、そんなことを」

　俺の質問に対して、神崎はわずかに視線を揺らしたあと、フンと鼻を鳴らした。

「急がなければ、手遅れになる」

「手遅れ、って」

「あの患者の冠動脈はすでに高度に狭窄している。何かの拍子に詰まってそのまま急性心筋梗塞を発症しても、なんら不思議はない」

俺は目を見開いた。神崎は「知らなかったのか」と低い声を出した。

「患者のカルテは全て目を通しておけと指導しているはずだがな。あの容態では、数日以内に冠動脈の閉塞を来たす可能性すらある」

「……そ、んな」

つまり、手術を延期したところで、ほとんど時間を稼げる見込みはないということだ。遥の心臓はもはや、崖っぷちに立たされて今にも破綻しそうなのだから。

「放置するのは極めて危険だ。手術日程を悠長に再度調整しているゆとりはない。その間に取り返しのつかない事態になる可能性がある」

神崎は、

「話は終わりか？　なら出て行け。俺は仕事に戻る」

と俺から視線を外した。俺は黙礼したのち、部長室を出た。

廊下を歩きながら、俺は先ほどの神崎の言葉を反芻する。

——急がなければ、手遅れになる。

唇を噛む。確かに神崎の言うことは正しいのだろう。手術をしなければ、遥は死ぬ。

しかし一方で、手術をしても死ぬ、ということを俺は知っている。無理だと言われて素直に引き下がるわけにはいかない。

神崎と部長室で話したあと、俺は遥の病室へ向かった。消灯時刻が迫っており、遥は病室で早めに床についたようだった。俺がノックして部屋に入ると、遥は毛布をどけてむくりと起き上がった。

「あれ、ヤブ医者。どうしたの」

俺は遥にある頼みをした。遥は不思議そうに俺を見上げ、

「なんでそんなことするの？　意味が分からないけど」

「頼む、言う通りにしてくれ」

「……まあ、ヤブ医者がそう言うなら」

遥は納得しきれないようではあったが、俺の申し出を了承してくれた。俺は密かに心中でガッツポーズをした。

翌日、朝早く病棟に出勤するや否や、高峰さんが俺に話しかけてきた。

「ちょっと志葉先生、聞いてよ」

「どうしました」

「湊さんが熱発しちゃってさー。あの子今日オペでしょ？　どうしようかと思って」

高峰さんは腕組みをしてため息をついた。俺は白々しく「手術は中止でしょうね」と言った。

予定されていた手術が延期になるパターンはいくつかあるが、患者が発熱してしまうというのもその一つだ。手術は非常に侵襲的な行為なので、患者自身のコンディションはできる限り万全の状態で行いたい。感染症に侵され衰弱し、創部の癒合も遅延することが予想される患者にはメスを入れることはできない、というわけだ。

昨夜俺が遥に頼んだのは、「手術前に看護師に発熱したと申告してくれ」というものだった。検温や血圧測定など、看護師は必ず毎朝患者の部屋を訪れることになっている。その時に遥が発熱しているという話になれば、オペは延期せざるを得ない。

（さあ、どうなる——）

仕事にも手がつかず、俺は悶々とナースステーションの片隅で連絡を待つ。やがて、ピッチに着信があった。神崎からだ。

「はい、志葉です」

『俺だ。神崎だ。湊さんが発熱したそうだな』

「はい、そうなんです。俺も診察に行きまして、ウイルス性の上気道炎かなと。少し待てば良くなるとは思うんですが、インフルも考慮すると隔離が必要な可能性も

「……」

『やむをえん。手術は延期する』

やった、と思わず声が出そうになった。俺は努めて残念そうな声を出しながら、しきりに頷いた。週明けを第一候補に手術を再調整するとかなんとか神崎が言っていたが、ほとんど俺の頭には入ってこなかった。

手術の延期を伝えると、遥は「本当にこれでいいの？」と胡散臭（うさんくさ）そうな顔をして俺をにらんだ。

「別に手術自体がなくなるわけじゃない。あくまで延期、また日を改めて手術するさ」

「それなら今日やっても良かったんじゃないの。わざわざ嘘をついてまで延期する理由が分からない」

「それは……」

本来今日行われるはずの手術で、お前は死んでしまうからだ。そうは言えなかった。

神崎の言っていた通り、近いうちに遥には手術が必要だ。俺がやっていることは問題の先延ばしに過ぎず、根本的解決ではない。だがそれでも、今日の手術の成功率が極めて低いことが分かっている以上、時期を改めて手術を行うべきなのは明らかだ。

（もしかしたら、待っている間に遥が手術に失敗する原因が分かるかもしれない。時間を稼ぐという意味でも、今日の手術だけは避けるべきだ）

俺は話題をそらすように病室のテーブルに目を向けた。

「こんな時にも勉強してるのか。熱心だな」

テーブルの上には数学や英語の参考書が積まれ、ボールペンが何本か転がっていた。

遥はフンと鼻を鳴らし、

「入院が長すぎて、すっかり遅れちゃってるから。追い上げないと間に合わないのよ。あんたらがモタモタ治療してたせいよ」

「すごいな。頑張れよ」

俺がそう言うと、遥は胡乱げに俺を見た。

「……どうしたの？　昨日からやけに優しくない？　気持ち悪い」

それはそうだ。なにせ、俺はこの女の子が理不尽になすすべもなく死んでいく光景を、何度も目の当たりにしている。棺桶の中で物言わぬ遥の顔が頭にちらつき、どうしても優しく接してしまう。

「そだ、ヤブ医者。数学教えてよ、分からないところがあるの」

「俺は今から仕事なんだけどな」

「ヤブ医者がいじめてくるって高峰さんに言いつけるよ」

「へいへい」

苦笑いしつつ、俺は遥の参考書を横から覗き込んだ。

「あ、そっか。そういうことか。ヤブ医者、説明分かりやすいんだね。意外」

「なんで意外なんだよ。こう見えて塾講師のバイトしてたんだぞ俺は」

えへへ、と笑う遥。どうか願わくば、この笑顔が明日も明後日も見られるように、と俺は祈らずにはいられなかった。

その数時間後。俺は自分の甘さを呪うことになる。


その日は俺と朝比奈の他には誰も残っていなかった。端っこがボロボロにほつれたソファに腰掛け、研修医室で心臓外科の参考書を黙々と読む。

「志葉」

「ん？」

横に座る朝比奈が話しかけてくる。俺は参考書から目を上げずに生返事をした。

「珍しいね。残って勉強してるなんて」

朝比奈は頭の後ろで結んだ髪ゴムをほどきながら言った。

「何か理由があるわけ」

「別に……。勉強不足だと思ったからさ」

「志葉がそんなこと言うなんてね。明日は槍が降るかも」

「うるせえ」

朝比奈はくすりと笑った。

参考書を読もうとページをめくってはいるものの、実のところ俺の注意は散漫だった。心臓の血管走行のイラストを眺めながら、遥のことを考える。

（……今度こそ、大丈夫なはずだ）

そもそも今日は手術をしていない。これまでの遥の死因は手術中の原因不明の術中死だ。なら今回のループでは、そもそも死因が存在していないことになる。その証拠に、俺がこれまで経験したループの中で、この時間帯まで遥が生存したパターンはなかった。

今度こそいけるかもしれない。そう思うと、なかなか勉強に集中できなかった。

「ねえ、志葉。訊きたいことがあるんだけどさ」

「なんだよ」

「どうして湊さんの手術を嘘ついてまで中止させたの」

　俺はごくりと唾を飲み、朝比奈に向き直った。朝比奈は無感情な目で俺を見返してくる。

「……気付いてたのか」

「当然。看護師は騙せても、医者は無理だよ。どう見ても上気道炎なんかじゃない、手術は十分に可能な状況だった」

　俺はぱたりと分厚い参考書を閉じた。

「言えない」

　そうとしか答えようがなかった。俺が置かれた状況を話したところで、朝比奈がそれを信じるとは思えない。

　まずいことになったかと唇を噛む。朝比奈は真面目な性格をしている。俺がやったみたいな、嘘をついて手術予定をねじ曲げるような真似は最も嫌うだろう。

　そう思ったのだが、

「ふーん。じゃ、いいや」

　朝比奈は帰り支度を整え始める。俺は目を瞬かせた。

「いいのか」

「何が？」

「その……遥の手術予定を無理やり延期させたこと、だ」

「良くないよ。でも、患者さんのためにやったんでしょ」

朝比奈が淡々とした口調で言う。

「前にあんたと一緒に当直した時にさ。いくら相手に問題があっても、あんな風に突き放されたら、誰だって腹が立つ……って、あんた言ってたじゃない」

「そうだっけ」

「そうだよ。覚えてないの？」

信じられないと朝比奈が眉をひそめる。俺は記憶の片隅を掘り返し、そんなことも言ったような気がするなあと曖昧な半笑いを浮かべた。

「少し、私も反省したから」

朝比奈はコートを羽織り、研修医室の扉に手をかけた。その横顔はわずかに赤くなっていた。

「じゃね、志葉。また明日」

「おう。また――」

明日、と言おうとしたところで、研修医室備え付けのスピーカーホンが「ブツッ」と耳障りな音を立てた。院内放送が始まるようだ。

『――コードブルー、第二西棟３Ａ病棟。職員は至急向かってください。コードブルー、第二西棟３Ａ病棟。職員は至急向かってください――』

機械的な女性の声。朝比奈が険しい顔になる。

「ちょっと、第二西棟３Ａ病棟って」

「俺たちの……心臓血管外科の病棟だな」

コードブルー。意味するところは、「院内急変」。

第二西棟３Ａ病棟でコードブルーがかかったということはつまり、心臓血管外科の入院患者の容体が急変したことを意味する。

気付けば体が動いていた。コートと鞄を放り出した朝比奈と並んで、俺は病院の廊下を走る。

（やめろ。やめてくれ）

嫌な想像がちらついた。どうか別の患者であってくれ、そんな、医者としてあるまじき願望すら抱いた。

ナースステーションは大騒ぎだった。誰かが話しているのが聞こえる。

「何？　心肺停止（CPA）？」

「心外（しんげ）の患者らしいぞ。十七歳の女の子だって」

「うわあ、可哀想……」

心臓が脈打つ。口の中がカラカラに渇いていた。

俺は人の流れがとある病室に集約されていることに気付く。俺の心に絶望の暗雲が広がった。

「志葉、あの病室って」

「……遥の部屋だ」

俺は人混みをかき分け、病室の中に入った。そこで見たのは、

「遥！」

救急科の医者によって心臓マッサージを受けている湊遥の姿だった。その視線は虚ろに宙を見上げて固定されており、すでに生命活動を停止しつつあるのは明らかだった。

（なんだよ……なんで……こんなことになるんだよ!?）

膝をつき、叫び出しそうになる。

「研修医！　心マ代われ！」

半ば突き出されるようにして、俺は遥の心臓マッサージを開始する。ガタガタと震えて仕方ない両手を遥の胸の上に重ね、俺は必死に手を押し込む。こんなことをされ

て痛くないはずがないのに、遥は人形のように抵抗しない。

「波形心室細動！　除細動いきます！」

電気ショックを受け、遥の体がびくんと跳ねて海老反りになる。だが心臓の鼓動は戻らず、心電図の波形はめちゃくちゃに波打ったままだった。

その後も懸命な救命活動が行われたが、数十分後、湊遥の死亡が宣告された。

トイレで盛大に嘔吐しながら、俺は再びループの渦に飲まれた。


「ヤブ医者？　どうしたの」

この言葉を何度聞いただろう。俺はうっすらと目を開けた。

「すっかり眠り込んでると思ったら、いきなり叫び出してさ。大丈夫？」

神社の縁側に座り込んだまま、俺は答えなかった。隣の遥が訝しげな声を出す。

「どうしたの。怖い顔して」

俺はやにわに立ち上がり、遥の手を引いた。遥がびっくりしたように目を丸くする。

「ちょ、ちょっと。ヤブ医者？」

「行くぞ」

「行くって、どこへ」

「ここじゃない、もっと設備も人もしっかりした……そうだ、大学病院へ行こう」

「い、今から？　なんで？」

「いいから！」

　ぐいと遥の手を引いた。俺にとってはつい数分前の出来事――病室で心肺停止（CPA）に陥った遥の死に顔が、頭にちらついていた。

　遥がなぜあんな状態になったのかは分からない。だがここ数十回のループを経て俺は、そもそもこの波場都大学医療センターにおける手術自体が無意味なのではないかと思い始めていた。

（手術をしようとしまいと、どう転んでも遥は死ぬ。ならもっと、人も設備もしっかりした場所で手術するしかない）

　紹介状すら作らず、患者を連れて直接転院させようなんていうのは聞いたこともない。間違いなく大問題になるし、俺の経歴には消えない傷がつくだろう。だが今の俺にとって、俺自身の進退なんてものは心底どうでもよかった。

　神社のある丘を降りたところで、ちょうど院内を巡回しているバスが通りかかった。渡りに船と俺たちは乗り込み、そのまま最寄駅（もよりえき）に向かった。

「神崎先生や高峰さん、このこと知ってるの？」

「大丈夫だ。俺がなんとかする」

「なんとかする、って」

遥は何か言いたげだったが、結局むすりと口をつぐんだ。詳しい説明をする余裕もなく、俺は大慌てで波場都大学医学部附属病院までの道順を調べた。

バスを降り、駅へ向かう。この辺りは都心のベッドタウンということもあってか、仕事帰りと思われるスーツ姿の男女が数多く歩いている。

「ちょ、人多い……」

「はぐれるな」

俺は遥の手を握った。遥は驚いたように目を丸くしたあと、顔を伏せて小さく頷いた。俺は人混みを縫って歩き出した。

改札口まで来たところで遥が、

「あのさ、ヤブ医者。私、お財布持ってない」

「……待ってろ。切符買ってくる」

はやる気持ちを抑えるように、俺は早足で切符売り場に並んだ。間の悪いことに待ち列が長く、俺はイライラとつま先で床を叩いた。

(くそ、急ぐのに)

俺は前回のループで遥が急変するのを目にしている。今回もそうならないとは限らない、できる限り早く大学病院に辿り着く必要があった。

スマホが震える。取り出して見ると、朝比奈からの着信だった。

「はい、もしもし」

『あ、志葉？ 病棟で湊さんがいないって騒ぎになってるんだけど、何か知らない？』

「俺と一緒に今から電車に乗るところだ」

『……は⁉ ちょっと、何やってんの？ 明日は手術なんだよ⁉』

「事情は今度説明する。今は急ぐんだ、切るぞ」

『いや、あんた何言って――』

俺は通話を終了した。折しも切符購入の順番が回ってきたので、俺は券売機の前に向かう。

だがその時、突然駅の中に悲鳴が上がった。俺は振り向く。

「人が倒れたぞ！」

誰かが叫んでいる。俺の全身が脈打った。反射的に走り出す。

人だかりができている。その中心、まるでクレーターのようにぽっかりと空いた空間の真ん中に、一人の少女が胸を押さえた姿勢のまま倒れていた。俺は叫んだ。

「遥！」

俺は駆け寄り、遥の肩を叩いた。

「おい！　聞こえるか!?　遥、返事しろ！」

返答はない。真っ青な顔で、遥は喘(あえ)ぐように下顎を上下させている。死戦期呼吸(ギャスピング)——なんらかの理由で呼吸が成立していない時に出現する運動で、心停止を示唆する。

俺は遥の首に手を添え、頸動脈(けいどうみゃく)の拍動の有無を確認した。予想通り、拍動は触知できない。心臓は停止している。

——急がなければ、手遅れになる。

神崎の言葉を思い出した。

(結局、神崎の言う通りってことかよ……！)

遥の心臓は限界ギリギリを綱渡りしている。何かの拍子に、こうして動きを止めてしまうということか。

いや、悠長に考えるのは後だ。俺はすうと息を吸い込んだ。

「そこのあんた、救急車呼んでくれ！　そっちの人はＡＥＤ(エーイーディー)を、あと君はもっと人を集めてくれ！」

俺は近くにいる人たちに矢継ぎ早に指示を出した。そのまま遥の胸の上に手を添え、心臓マッサージを開始する。ごめん、と心の中で謝りながら、肋骨を折って胸を無理やり上下させる。

俺は先ほど指示を出した人たちが、顔を見合わせて立ち尽くしたままなのに気付いた。俺は思わず怒鳴った。

「何やってんだよ!? 人が死にそうなんだぞ、早く動け！」

サラリーマン風の男はびくりと肩を震わせたあと、慌てて携帯電話を取り出した。

「……はい、駅で倒れた人がいて、救急車を……はい、改札口近くです……」

一方で、俺にＡＥＤ（エーイーディー）を持ってこいと指示された中年の婦人は、おろおろと俺と遥を見比べては動き出す気配がなかった。

「え、エーイーディー？　って、どこにあるのかしら？」

心臓マッサージを続けながら、俺は歯が砕けそうなぐらいに強く歯軋（はぎし）りした。

「そんなもんどこにでもある！　駅の中だったら絶対に置いてあるはずだ！」

「そ、そんなこと言われても……見たことないし……」

「いいから探せ！　分からなかったら駅員に聞けばいいだろ！　モタモタしてたら手遅れになるぞ！」

俺に怒鳴られ、婦人はパタパタと駆け出した。近くで見ていた人が、「なんだよ、あいつなんであんなに偉そうなんだよ。素人が分かるわけないだろ」と悪態をついているのが聞こえたが、反論している余裕もなかった。

もし道端で人が倒れていたら、「人を集め」「ＡＥＤ（エーイーディー）を持ってきて」「救急車を呼ぶ」ことを周囲の人に要請した上で心臓マッサージを開始する。これは医学生の頃に誰もが習う救急の必須事項で、反射的に体が動くまで何度でも叩き込まれる。

だが実際にやってみると、想像以上に上手くいかないのが実情だった。見も知りもしない若造にいきなり命令されてその通りに動く人は少ないし、その結果、この場においては宝石よりも貴重な時間を浪費した。

祈るように心臓マッサージを継続する。だが心の中では不吉な声が聞こえていた。

（また、ダメなのか？）

俺は身震いするような恐怖を覚えた。死神が遥を逃すまいと手を伸ばすように、見えざる何かの意志が遥を殺そうとしているのではないか。そんな、妄想を抱いた。

（くそ、くそ、くそォ！）

ほどなくＡＥＤ（エーイーディー）と救急隊が到着した。救急車に乗せられ、何度も電気ショックを受ける遥。

しかし心臓が再び時を刻むことはなく、湊遥は死亡した。

その後のループでも、俺は諦めてたまるかとありとあらゆる方法を試した。大学時代に世話になった講師に頼み込んで神崎と一緒に執刀してもらったり、バカ高いタクシー代をかけて大学病院に行ったり、はたまた神頼みとばかりに健康食品を食わせたりした。

だが、いずれも失敗した。どんなやり方を試しても、湊遥の心臓は鼓動を止めた。なかでも最低だったのは、俺がループしていることや予定通り手術をしたところで遥が死ぬであろうことを洗いざらい神崎や朝比奈にぶちまけてみた時だった。俺は翌日の出勤停止を命じられ、代わりに精神科の医者の診察を受けることになった。「仕事で疲れてるんでしょう。ゆっくり休みなさい」と見当外れなコメントをする精神科医に生温（なまぬる）い目で見送られ、ようやく心臓血管外科の病棟に戻った俺を待っていたのは、湊遥術中死のニュースだった。

その辺りになると、俺は自分がなんのためにループし続けているのか分からなくなり始めていた。何十回もループを繰り返し、今が「何回目」なのかも、ともすれば忘れそうになった。遥が死ぬ光景を見るのに慣れ始めている自分に愕然（がくぜん）とした。

「ヤブ医者？　どうしたの」

もう何十回と聞いた言葉だ。俺の主観ではつい先ほど無惨な死を遂げた少女が、不思議そうな顔をして俺の目を見ている。

「すっかり眠り込んでると思ったら、いきなり叫び出してさ。大丈夫？」

俺は顔を手で覆った。自分がどんなみっともない顔をしているのかを想像すると、とても遥と目を合わせられなかった。

神社の周囲は静寂に包まれていた。虫の鳴き声が聞こえる。俺は小さな声で言った。

「……遥。先に帰っててくれないか」

「別にいいけど、え、どしたのヤブ医者。具合悪いの？」

「少しな。休んだら、追いかけるよ」

遥は心配そうに眉根を寄せたあと、おもむろに腰を上げて歩き出した。その背中を見送りながら、俺は途方に暮れて頭を抱える。

八方塞がりだった。何をどうやっても、どんな道筋を選んでも、遥は死んでしまう。

何をする気にもなれず、俺は地蔵のように固まって動けなかった。

どれほどそうしていただろうか。横から草を踏む音が聞こえてきて、俺は我に返った。振り返ると、見知った人がバツの悪そうな顔をして頰をかいていた。

「高峰さん？」

遥の担当看護師である高峰さんだった。高峰さんはぽさりと俺の横に腰掛けた。

「何してるんすか」

「仕事終わってタバコ吸ってたら、男女がイチャイチャし出したから出るに出られなくなった」

「俺と遥のことですか」

「他に誰かいる？」

どの辺がイチャイチャしてるように見えたのかは甚だ疑問だった。高峰さんは慣れた手つきでタバコの先に火をつけた。実に旨そうに煙を吸い込む。

「肺癌になりますよ」

「太く短く生きるからいーの」

医療従事者とは思えないセリフを吐く高峰さん。紫煙をくゆらせながら、

「帰んないの」

「……まあ、少し、考え事がありまして」

「それ、あたしが今朝から頼んでる点滴のオーダーをシカトしてでもやらなきゃいけないことなの」

「すみません。帰ったらすぐやります」

高峰さんがくわえたタバコの先に灯（とも）った火が、ちろちろと揺れている。俺は尋ねた。

「この神社、知ってたんですね」

「まあねえ。あたし、この病院付属の看護学校上がりだから。学生の頃から授業サボってこの辺でヤニ吸ってたのよ」

「ふと思ったんですけど、神社の境内って禁煙じゃないんですか」

「なんか言った？」

「なんでもないです」

高峰さんにドスの利いた声を出され、俺はふるふると首を横に振った。俺は話題をそらした。

「ここ、よく来るんですか」

「仕事帰りにタバコ吸いたい時とか、時々ね。滅多に人いないからさ」

高峰さんはぼけーと空を眺めながら言った。

「死んだ看護師を祀（まつ）ってる場所だからね。看護学生なんか、気味悪がって来ないんだよ」

え、と俺の口から声が漏れた。心なしか肌寒くなった気がする。

「第二次世界大戦の頃、ここの看護大学から二十人の学生が戦争に行ったんだよ。学徒出陣ってやつ。彼女たちが戦争に行く前、水杯を交わしたのがこの神社なんだよ」

「へえ……その看護学生はどうなったんですか。やっぱり病院に戻ってきて偉くなったんですか」

「いや、全員おっ死んだらしいよ。ほらそこに慰霊碑あるでしょ」

「えっ」

高峰さんが指差した先に目をやると、確かに小ぶりな石碑が樹木の間にちょこんと置かれていた。

「その看護学生たちには面白い話があってさ。いきなり激戦地に飛ばされた彼女たちは、戦地に行って早々に全員死んじゃったらしいんだよね」

それ面白い話か？　と思ったが、続きがあるようなので俺は黙って聞いていた。

「現地の病院では人手不足で喘いでいた。でもある日の夜、その死んだはずの看護学生たちが起き上がってきて、治療を手伝ってくれたらしいよ。爆弾で跳ね飛ばされても、銃で胸を撃ち抜かれても、何度でも起き上がった。そのおかげで、数えきれないくらいの兵隊さんの命が救われたんだってさ。で、戦争が終わるとともに看護学生たちは再び二度と覚めない眠りについた……って話」

「普通に怖くないすか。ゾンビ映画じゃないんだから」

「あたしの同級生も、そう言ってこの辺には近づかなかったよ」

高峰さんは小首を傾げた。

「あたしはむしろ、かっこいいと思うけどね」

「かっこいい？」

「そう。死んでも患者を助けたい、そのためなら何度でも生き返ってやる——って、すごい気合いだと思わない？」

元チンピラ看護師はニヤリと笑った。

「正直さ、この仕事って辞めたくなることいっぱいあんのよ。患者にセクハラされた時とか、偉そうな医者に訳わかんない理由でキレられた時とか、あれだけ残業しても全然増えない給与明細とか見てる時とかね」

でも、と高峰さんは続けた。

「患者が待ってるからね。気合い入れるしかないでしょ」

高峰さんはチューッとタバコの煙を吸い込み、盛大に吐き出した。

「志葉先生話聞くの上手くない？　なんかペラペラ喋(しゃべ)っちゃったわ」

俺が聞き上手というより高峰さんがノリノリで話してくれただけな気がするなあ、

と俺は思った。高峰さんは持参していたらしい携帯灰皿にタバコの吸い殻を入れたあと、

「じゃ、志葉先生お疲れ。あたし家帰るわ」

「あ……お疲れ様です」

「明日、いよいよだね」

「はい？」

「なに間抜けな顔してんの。遥ちゃんの手術でしょ」

高峰さんはぽんと俺の肩を叩いた。

「あたしら病棟看護師は祈るしかできないからさ。頑張ってよ、先生」

ひらひらと手を振りながら、高峰さんは歩き去っていった。俺はその背中を見送りながら、ぼんやりと物思いにふけった。

（死んでも甦(よみがえ)って患者を助けた看護学生、か）

俺はふと思い立ち、神社の周囲をぐるりと一周して歩いた。これまで気付いていなかったが、神社の裏手にぽつりと神社の歴史を解説した看板が立っていた。木の看板はぼろぼろに欠けていたが、なんとか文字は読めた。

（草立(くさたち)神社……っていうのか）

ループの開始場所はいつもこの神社からだったが、名前は今回初めて知った。看板には先ほど高峰さんから聞いたのと同じような話が書いてあった。

——死んでも患者を助けたい、そのためなら何度でも生き返ってやる——

高峰さんが言っていたことが、頭の中で何度も反響した。確かにすげえなあ、と苦笑いする。俺は正直患者よりも自分の命の方が大事だし、もし「戦争に行って身を挺して医者をやってくれ」と言われたら即座に逃亡を図る自信がある。

ただそんな俺にも、一人、是が非でも助けたい患者がいる。

ひょっとしたら俺が巻き込まれたこのループは、死んだ看護学生たちがくれたチャンスなんじゃないか。「何度でもやり直して、湊遥を救い出せ」——学生たちの亡霊が、そう語りかけてくるような気がした。

「……まだだ。まだ、やれることはある」

俺は小さくつぶやき、病院へと引き返すための道を歩き始めた。

Chapter 4 こうして、雨音に包まれて

狭くて寒い手術室に、神崎の低い声が響き渡った。

「――手術を開始する」

遥の肌に神崎がメスを入れる。若い女性は肌に張りがあってメスでよく切れる。わずかに滲んだ血をガーゼで拭きながら、俺は神崎の指先の動きに全神経を集中する。手術はある意味ではスポーツに似ている。術者はメインプレイヤーで、俺はアシストだ。言葉に出されなくともプレイヤーが何を考えているかを想像し、そのサポートをする。神崎が見たいように術野を展開し、指示される前に手を動かさなくてはいけない。

医学生の頃から手術の見学には何度となく入ったし、こうして助手として手術台に立ったこともある。しかし、授業や業務の一環で仕事として手術に参加させられることと、執刀医の手足として手術に参加することは雲泥の差がある。手術開始からものの五分で、俺の額には脂汗が浮かび疲労のあまり息が荒くなり始めた。

何度となく失敗しまくったループの経験を経て俺は再び、当初の予定通り遥にこの

病院で手術を受けさせる、というパターンを選ぶことにした。というより、無理やり手術を延期させたり遥を病院から連れ出したりしたところでことごとく失敗に終わった経緯を踏まえると、やはり「湊遥が波場都大学医療センターで手術を受け、成功する」以外の道はないと考えたのだ。

代わりに俺は手術に対する自分のスタンスを変更することにした。遥の術中死の原因は不整脈や心室細動によるもので、こういった現象は手術の時間が長くなればなるほどリスクが上昇する。

となれば、俺がサポートすることで手術のクオリティが向上し時間が短くなれば、湊遥の手術は成功するのではないか。

「志葉、グラフトの採取に移るぞ。準備を——」

「超音波メスの用意、お願いします。塩酸パパベリン溶液も」

神崎の言葉が終わる前に、俺は看護師に指示を伝える。それと同時にリトラクターを微調整、術野を最も神崎にとって見やすいようにする。神崎は何度か目を瞬かせた。

「その通りだ。……よく勉強している」

「いえ。全然です」

先ほど、俺はグラフト血管の同定に手間取り時間を無駄にした。まだまだ改善の余地は多い。

現時点で並の、いや標準以下の技術しか持たない研修医である俺が神崎を十分にアシストできるほどの技量を手に入れるまでは、相当回数の練習がいる。普通は何十年もかけて、何百回も手術をして身につけるものなのだ。

だが今の俺はループの檻（おり）に囚（とら）われている。言い換えれば、成功するまで何度でも湊遥の手術を繰り返せるということだ。

もっともこれは口で言うほど簡単なことではない。俺が手術を上手くなるまで、遥は俺の目の前で死に続ける。「俺が下手だから遥は死んだ」と、延々と自責を続けなくてはいけない。

すでに俺は手術室で遥の死を二十回以上見届けている。だがそれに比例して、俺の技術は次第に上達の兆しを見せていた。今の俺なら、冠動脈バイパス術（CABG）に関してはそこらへんの駆け出し外科医よりも上手く執刀医のサポートをできるかもしれない。

結局その手術は、ある程度まで進んだところで遥の容体が急変し死亡、終了となった。無念の思いを抱えて傷を閉じていく一方で、俺の中でわずかに期待の芽が膨らみつつあったのも確かだった。

（上手くなってる。間違いなく……）

その証拠に、少しずつ手術の展開が速くなってきている。ループが始まったばかりの頃は左前下行枝をスタビライザーで固定したあたりでタイムアップだったのに対して、今はグラフト—冠動脈吻合を始めるところまで来ている。

今度こそ、手術を成功させてやる。その決心を胸に、俺は過去へ戻り続ける。

「手術に参加させてほしい？」

神崎のこの訝しげな顔を見るのは何度目だろうか。まだ蓋の開いていないカップラーメン片手に目を細める神崎に向けて、俺は深々と頭を下げる。

しばらく黙り込んだ後、神崎はゆっくりと頷いた。

「構わん。許可する」

「ありがとうございます！」

俺は礼を言うや否や踵を返し、部長室の扉に手をかけた。だが、

「待て」

神崎が呼び止める声がする。なんだよ俺は空いた時間で手術の勉強してえんだよとそわそわしながら振り返ると、神崎はごそごそとカップラーメンの容器を棚にしまっていた。

「志葉。お前、晩飯は食べたか」

「……まだっすね」

「俺もだ」

神崎は白衣を脱ぎ、背広を羽織った。

「この病院の近くに、美味いラーメン屋がある。一緒に行かんか」

俺は何度か目を瞬かせた。幾度となくループを繰り返した俺にとって、「病院に戻ってきて速攻で神崎に手術参加を申し込む」というのは一つのルーチンワークと化していた。だが、こうして神崎に食事に誘われるのは初めての展開だった。

俺は棚に仕舞われたカップラーメンに目をやり、密かに納得した。なるほど、今回は特に勇み足で急いで手術参加を申し出たため、神崎がまだカップラーメンを作り始めていなかった。そのため神崎にラーメンに誘われる、というイベントに繋がったのだろう。

どうしようか悩んでいるうちに神崎が、「十分後に入り口で待っていろ」と言い残し俺の横を通って部長室を出て行った。こうなるとは思ってなかったなと頭をかきつつ、仕方ないので俺は白衣を片付けに研修医室へと引き返した。

神崎が案内してくれたのは、住宅街の奥の奥、いったいなんでこんな場所に店を構えたんだと言いたくなるような辺鄙な場所にあるラーメン屋だった。しかし驚くほどに長蛇の列ができているところを見ると、確かに美味いのかもしれない。

俺は横目でちらりと神崎を見る。いつも通りの鉄面皮で、感情が読み取れない。俺はおずおずと話しかけた。

「並んでますね」

「ああ」

会話は終了した。

（き……気まずい……）

明日は遥の手術なのに、なんで俺はこんなことをしているんだろうと思った。

しばらく待っていると順番が回ってきた。湯気が充満し暑苦しい店だった。カウンター席しかなく、俺たちは店の最奥に並んだ二つの丸椅子に並んで腰掛けた。店長と思しき黒シャツに鉢巻という風態の中年の男が、

「おう、いらっしゃい先生！　今日は？」

「いつものものを。こいつにも頼む」

俺を手で示して神崎が注文する。店長は「あいよォ！」と威勢の良い返事をした。

ほどなくラーメンが運ばれてきた。醤油ラーメン、スープは透き通っていて底が

見える。俺は割り箸をパキンと割った。ちらりと横を見ると、神崎はすでに麵に箸を突っ込んでいる。

（このおっさんいつもラーメン食ってんな）

思えば、神崎の部長室に行って遥の手術への参加を申し込む時はいつも神崎はカップラーメンを手にしていた。好きなのだろうか。

いや、決めつけてはいけない。そもそも俺は同じ時間をループしている。たまたまあの日の夜はカップラーメンを食べていただけで、普段はサラダやカレーも食べるのかもしれない。

「神崎先生、ラーメン好きなんですか」

「ああ。一日一回は食べるな。行きつけの店を決めてあって、そこを順番にローテーションしている。月曜日は駅前の博多(はかた)豚骨ラーメン、火曜日は商店街の鳥だしラーメン、という風だ」

マジでこのおっさんいつもラーメン食ってんだな。

「すごいですけど……健康的に大丈夫ですか？」

「問題ない。俺は毎朝のジョギングと週末のジム通いをここ数年欠かしたことはないし、一日の摂取カロリーや種々栄養素の配分にも気を使っていて健康診断でもお墨付きを得ている。不健康な食生活を送るためならあらゆる健康的努力をする覚悟が俺にはある」

あんたのラーメンへの飽くなき情熱はどこから来るんだよ。

神崎はズルズルズルズル！　と鬼気迫る表情でラーメンを貪っている。俺は横目に神崎を見つつ、おもむろに麺をすすり込んだ。

（……お、確かに美味い）

薄味のスープだが出汁の利きは強く、麺はコシがあって喉元を心地よく通り抜けていった。もにゅもにゅと麺を噛んでいると、

「志葉よ」

「はい？」

「何かあったのか」

短い質問だった。俺が首を傾げていると、

「医者には二種類いる。医者をやっている奴と、医者をやらされている奴だ。お前は後者だと思っていた」

「……まあ、そうかもしれないっす」

以前級友と話した時、「もし毎年一億円もらえるなら医者を辞めるか」という話題

が出たことがあった。俺はその時、「医者は辞めない。金の問題じゃない」と言う奴がいることに驚いたものだ。ちなみに俺は速攻で辞表を出す自信がある。

「そんなお前が、急に手術に参加させてくれと言う。理由はなんだ」

「理由は……」

遥が何度も死ぬのを目の当たりにして、今度こそ助けたいからです。正直にそう言ったところで、頭がおかしくなったと思われるのは目に見えていた。俺は曖昧な半笑いを浮かべた。

「ちょっと、勉強不足を痛感しまして」

「案外、食えん奴だ」

神崎はぼそりと言った。俺の嘘は見透かされているようで、どうにも尻の据わりが悪い。

俺は別の話題を持ち出した。

「ラーメンはいつも一人で行くんですか？　それともご家族と？」

「家族はいない」

神崎はのっぺりとした口調で言った。

「妻とは別居している。事実離婚というやつだ」

これひょっとして地雷踏んだんじゃね、と俺は冷や汗を流した。しかし神崎は気にした風もなく、

「もう五年近く前になるか。三日連続で病院に泊まったあとに家に帰ったら、書き置きが残してあった。俺があまりに家庭を顧みないから、愛想が尽きたとな」

クク、と神崎は自嘲気味に笑った。

「以来、ほとんど連絡も取れていない。たまに思い出したように子どもの写真を送ってくるがな。いつの間にか中学生になっていたらしい」

「らしい……って、会いに行ってあげないんですか」

「無理だ。住所を知らされていない。息子にしても、俺の顔など覚えていないだろう」

俺はなんと言っていいか分からなかった。神崎は俺の心を読んだように、

「別に気を使わなくていい。俺は特に気にしていない。身から出た錆だ」

「でも」

「妻の言うことはもっともだ。俺は子どもが生まれた時も仕事に行っていたし、赤ん坊の間もろくに面倒を見ずに手術ばかりしていた。保育園や小学校を選ぶ時も妻に任せきりだった。俺に夫や父親を名乗る資格はない」

神崎はずるずると麺をすすっている。その背中は今までになくくたびれて見えた。

「志葉よ。お前、彼女はいるのか」

俺はふるふると首を横に振った。

「そうか。なら、今から言うことは中年のオヤジの愚痴だ。適当に聞き流しておけ」

神崎は少し黙り込んだあと、再び口を開いた。

「俺は日本の医療制度は破綻していると思っている」

「破綻、ですか」

「特に主治医制度というのは諸悪の根源だ。自分の持ち患者が具合が悪くなれば夜中だろうと祝日だろうと様子を見に行かなくてはいけない。こんな馬鹿げた制度を続けているのは日本だけだ。諸外国では時間帯ごとに交代しチームでの診療を行っている」

それは医療者の間では時々言われることだった。主治医制度というのは医者の非人道的労働の上に立脚する。俺の周りでも、親の死に目や妻の出産に立ち会えなかった医者の話というのは枚挙にいとまがない。

「昔、まだ研修医の頃だ。俺はとある病院の一般外科で、末期食道癌の患者を担当した。数日以内に死ぬであろうことは、誰の目にも明らかだった」

いつの間にか神崎はラーメンを食べ終わっていた。ラーメンの器の底に描かれた模様を見ながら、神崎は言葉を続ける。

「俺は当時の彼女——現在の妻だ、戸籍上はな——とのデートを週末に控えていた。そこでプロポーズしようと思っていた。どうしてもその日は彼女と会いたかった」

「……先生」

「患者はなかなか死ななかった。俺は回診のたびにやきもきしていた。このままこの患者が週末まで粘り、そこで死なれたら、俺は一世一代のデートを切り上げて看取(みと)りに来なくてはいけない」

　患者の家族が聞いたら、ふざけるなと怒り出すかもしれない話だった。お前は人の命よりも彼女とのデートの方が大事なのか、と。

　だが俺は神崎を責める気はしなかった。じっとうつむく神崎の横顔が、あまりに苦しそうだったからだ。

「金曜日の夜、翌日のデートの準備をしていたら、病院から連絡があった。患者の血圧と心拍数が低下し出した、もう間もなく死ぬだろう、とな。……その連絡を聞いた時の感情を、俺は忘れられない」

「……どう、思ったんですか」

「嬉しかったよ。これで心置きなくデートに行ける、と思った。思ってしまった」

神崎はぎゅっと水の入ったグラスを握りしめた。

「患者の看取りを終え、白々しく遺族に慰めの言葉をかけたあと、俺は不意に自分が恐ろしくなった。俺の中に生まれたおぞましい考えに気付き、自分がどうしようもなく身勝手で愚かな人間なのではないかと思った」

「でも、それは……誰でもそうだと思います。人間なんだから、仕方ないですよ」

「ああ、仕方ないことだろうな。だがそれでも、赦（ゆる）されないことだ」

神崎はグラスに残った水を飲み干した。

「それ以来、我を忘れて働き続けてきた。人の体を切って切って切りまくった。いつの間にか名医だのなんだの持ち上げられるようになったが、なんのことはない。俺はただ、あの日の自分に言い訳し続けているだけだ」

俺は、何も言えなかった。

「志葉。もしやり直せるとしたら、お前は医者になるか」

俺はたっぷり時間をかけたあと、首を横に振った。

「……分かりません」

「俺はならない。絶対にな」

神崎は吐き捨てるように言った。

「もしやり直せるなら、俺は家族と過ごす時間のある仕事を選ぶ。俺は次は――入学式を終えた子どもに、おめでとうと言ってやれる人生を送りたい」

意外な言葉だった。神崎と言えば仕事の虫、うちの病院でも最も精力的に働く外科医の一人だ。医者は患者のために昼も夜も働かなくてはいけない。そう言ってはばからないものとばかり思っていた。

「辛いんですか」

俺が尋ねると、神崎はじっと唇を嚙んだ。

「分からん。辛いのかもしれん。だが、俺の手術を待っている患者がいて、俺なら助けられる人たちがいる。そう思うと、どうしてもな……」

その言葉には、神崎威臣という医者の本質が表れているような気がした。

この男は、俺が思っていたよりもずっと、優しいのだろう。優しいからこそ、ここまで苦悩してしまったのだろう。

神崎はおもむろに立ち上がった。

「すまんな。野暮な話に付き合わせた」

「いえ、そんな。……勉強になりました」

「ああ。反面教師にするといい」

そんな、本気なのか冗談なのか分からないことを神崎は言った。

最後に俺は一つ、気になったことを尋ねてみた。

「神崎先生、さっきの話なんですけど」

「ん？」

「医者には二種類いて、医者をやってる奴と、やらされてる奴がいる、って」

「ああ。それがどうした」

「神崎先生は、どっちなんですか」

神崎は小さく笑った。

「言うまでもないだろう」

「……そう、ですね」

店を出て神崎と別れる。なんでもこれから病院に戻るそうだ。背中を丸めて歩く神崎の姿は、これまでよりもずっと小さく見えた。

冷たい風が吹く。俺は身震いして空を見上げた。

「……降りそうだな」

俺はひたすらに手術を繰り返し続けた。

ループが始まり、例の神社で目を覚ます。隣には遥がいる。無駄話はせず、早々に遥と一緒に病院へと戻る。

次に、その足で神崎の部長室へ。手術への参加意思を表明する。この際には早く行き過ぎるとラーメンに誘われてしまうので、ある程度間を置く。

その後、研修医室へと戻り参考書を取ってくる。研修医室に長居すると朝比奈と潤さんの飲み会に参加させられるので、いったん外へ出て時間を潰してから研修医室へ戻る。夕食を食べてから仮眠用のベッドで睡眠を取り、翌朝の手術に臨む。

遥の手術が失敗に終わると、その後に例のめまいが来る。気付いたらループ開始時点へ戻っている、という塩梅（あんばい）だ。

ループごとに多少の差異はあるものの、大まかな流れはこんな感じで進む。

手術室は沈鬱な静けさに包まれている。手術用のガウンとルーペを装着した神崎が、手術の終了を宣言してからというもの、ずっとそうだった。

「志葉よ」

「はい？」

「無理をするな」

「え……」

「お前はもう手を下ろせ。退出して休め」

神崎が有無を言わせぬ口調で言った。俺は小さく頭を下げたあと、手術室をあとにした。

着替えを済ませ、更衣室の鏡を覗き込む。眉間にしわを刻み、にらむようにこちらを見つめる俺の顔があった。俺は眉の付け根を揉みほぐしながら、備え付けの椅子に腰掛けた。

深く息をつく。さてどうするか、と考え込んだ。

これは最近分かったことだが、ループの開始を告げる例のめまいの発生時刻はばらつきがある。遥の死亡後にめまいが起きることは間違いないのだが、手術直後にめまいが来ることもあれば、今回のように少し間が空くこともある。

今日の夕方になれば、遥の出棺——病院から遺体を見送る場面があるはずだ。主治医である俺にも声がかかるだろうが、正直な話、出席したくない。娘の名前を呼びながら慟哭する遥の両親の姿を見るのは、あまりに胸が痛い。

今日はもう仕事をする気もない。どうせループしてなかったことになるのだ、サボり倒してやる。そう思い、ピッチの電源を切った。

（無理するな……か）

先ほどの神崎の言葉を思い出す。少し悩んだのち、俺はおもむろに立ち上がった。

向かった先は病院の屋上庭園だった。以前遥が飛び降りようとしたところだ。日付としてはつい先週の話なのだが、もう何ヶ月も前のような気がした。そして俺に関して言えば、その実感は時間的な意味合いにおいて間違いではない。

よく晴れた日だった。相変わらず無闇に丁寧に手入れされた庭園には人気はない。奥のベンチで一休みするかと思った俺だが、木々の合間に隠れるように先客が座っていることに気付いた。

「潤さん？」

「あれ、志葉じゃん」

潤さんは手術室からそのまま来たのか、薄いグリーンの麻酔着を身につけたままだった。ベンチにぐでーともたれかかって空を眺めている。

「何してんのさ」

「潤さんこそ」

「私？　私はこれから三件手術にタテで入ってICU当直して明日の朝からまた十時間予定の膵頭十二指腸切除術（PD）のオペで麻酔をかけるところだよ」

「ヤバいっすね」

「ヤバいんだよ。助けて志葉」

「応援してます」

「はー……ゆっくり寝たい……」

ぐったりしている潤さんの横に少し距離を開けて座る。潤さんはほけーと空を眺めたまま言った。

「残念だったね」

「何がですか」

「あの女の子。湊さん、だっけ」

「……そうっすね」

俺がそう答えると、潤さんは訝しげに俺の顔を覗き込んだ。

「どうしたんだよ、志葉」

「はい？ なんのことですか」

「もっと落ち込んでると思ったのにさ。いやに冷静だね」

「そうですかね」

俺は肩をすくめた。

辛くないかと言われれば、無論辛い。何度見ても、目の前で命を失う遥を見るのは胸を貫かれるように痛くなる。だがそれでも、今の俺は手術を繰り返して自分の腕を磨き上げていく必要があった。

俺の技術が上達すれば、遥は死ななくて済むかもしれない。そう思うと、嘆いている暇はなかった。

代わりに俺は潤さんに尋ねた。

「潤さんは辛くないんですか」

「ん？」

「医者、辛くないですか」

どうしてそんな質問をしようと思ったのかは分からない。ただ、空を見上げる潤さんの顔は、学生の頃に比べて随分とくたびれてしまったように見えた。

「たまーに、なんだけどさ」

「はい」

「自分が何をやってるのか、分からなくなることがある」

潤さんはちらりと俺を見た。

「医学っていうのは命を守るために発展してきた。でもそれは、言い換えれば死から逃げてきたってことだ。百歳に迫る寝たきりの老人に人工呼吸器をつけて、口から食べられないから胃瘻を作って……正しいのかな、それは」

潤さんは一言一言を嚙み締めるように、ゆっくりと続けた。

「昔は、人は家で死ぬのが当たり前だった。家族に見守られて、死んだあとはよく頑張ったねって言われて、長寿の人の葬式では赤飯を食べてたんだ。でも今は死は忌むべきもので、特別養護老人ホームはいつだって満杯だ。これじゃ、医学の発展のせいで人はかえって不幸になったんじゃないかと思うよ」

俺は何も答えられなかった。

もし自分が意識もなく寝たままになったら、俺はいっそ楽に殺してほしいと思う。人工呼吸器や胃瘻の苦しさ、家族へかける負担を思うと、「何がなんでも生かしてくれ」とはとても言えない。この感覚は特に変わったものでもないようで、何かのアンケートではいたずらな延命治療を望まない人はむしろ大多数だった。

しかし、現場の実情はその希望とは乖離している。俺たちは限られた医療資源を使い、意思を伝えることすらできなくなった人々の命を一秒延ばすことに躍起になっている。

「私はさ、たまに自分がすごく悪いことをしてる気がするんだよ。医者の仕事がくだらなくて、哀しいものに思えてしまうことがあるんだよ」

「……潤さん」

ほうっと息をついたあと、潤さんは唐突に明るい声を出した。

「逃げちゃおうか」

「え？」

「もう仕事とか医局のしがらみとか全部ほっぽり出して、誰も知らない場所に行きたいな。志葉、一緒に行こうよ」

「えっと……」

「志葉、今彼女いないでしょ。私が結婚したげるよ。二人で頑張って働いてさ。私は子どもは苦手なんだけど、それでも頑張って産むよ。小さな一軒家を買ってさ、お金が貯(た)まったら犬を飼うんだ。週末はバーベキューとか庭でしてさ」

どう？　と潤さんが俺の顔を見る。

その貼りついたような笑顔の裏に、俺はどこか、底の知れない悲嘆が隠れているような気がした。

助けてくれ、と言われている気がした。

俺は長い時間をかけたあと、ゆっくりと首を振った。

「冗談よしてくださいよ。さ、仕事行きましょう」

振り払うように、立ち上がる。

ここで潤さんの提案に乗ることも、俺にはできるかもしれない。医療の理想と現実の狭間に落ちた彼女を引き上げられるかもしれない。

だが、それは無理だ。俺には、助けると誓った女の子がいる。

（……遥）

あの子が待っている限り、俺は病院を去るわけにはいかない。

「そうだね。……君の言う通りだ」

潤さんはふっと笑い、腰を上げた。

「あーあ。志葉に振られた」

「からかわないでくださいよ」

俺たちは並んで屋上の出口に向かう。

だがその距離は、これまでに比べてどこか離れているような気がした。

胸壁を二つに割り開いた下では、赤い心臓が脈打っている。生を叫ぶように。

内胸動脈を剥離、吻合口を作成する。糸のように細い動脈に尖刃刀を入れるとわずかに血飛沫が飛んだ。スタビライザーで左前下行枝を固定するため、魚のように跳ね飛ぶ心臓を押さえつける——。

果たしてこの光景を何度見ただろう。目を閉じても血管の色や走行が克明に浮かんでくる。血の匂いすらも鼻が覚えていた。何度となく繰り返し続けた遥の手術に、今回の俺も挑み続ける。

「グラフト吻合は問題ない、血流を確認した。じき、閉創に移るぞ」

神崎のその言葉を聞いた時、俺は胸の内に言いようのない達成感が湧き上がるのを感じた。

（成功だ。ついに……）

ループの中で手術の腕を磨き神崎をサポートし続けることで、俺は少しずつ手術時間の短縮に成功していた。今日はこれまでにない快調な手術で、今までになかった段階まで手術を進めることができた。手術の最も難しく危険な場面はすでに乗り越え、ここまで来ればあとは傷を閉じておしまいだ。

（もう少しだ……！）

この手術を終えれば、遥は麻酔から覚める。病魔から逃げ切り、ようやく新しい時間を手に入れることができる。

目が覚めたら、遥になんと声をかけよう。俺ははやる気持ちを押し殺し、そっと縫合糸を組織に挿し込む。針が肉を穿（うが）つ感触が、わずかに指先に伝わってくる。

だがふと、俺は小さな違和感を覚えた。規則正しい鼓動を刻んでいた心臓が、微妙に拍動が弱くなったように感じたのだ。それだけではない。どうも心拍のリズムが不規則になっているような——。

その瞬間、耳障りなアラーム音が手術室中に響き渡った。

「な……なんだ……⁉」

モニターへ振り返る。俺はさっと顔から血の気が引くのを感じた。

血圧百——八十——六十——まだ下がる。明らかに異常事態、いや緊急事態（エマージエンシー）だ。

（嘘だろ。なんで）

叫び出しそうな困惑がこみ上げる。俺は膝をつきそうになった。

（手術はもうすぐ終わるのに、なんで⁉）

俺はずっと、遥の急変の理由は高安動脈炎による冠動脈病変に伴う心筋梗塞だと思っていた。心筋梗塞とは言ってみれば心臓の酸欠である。なんらかの理由で心臓を栄養する血管が閉塞し、心臓の筋肉に十分な血液と酸素が行き渡らなくなること。

今回の遥の手術——冠動脈バイパス術（CABG）では血管の迂回路（バイパス）を作ることによってこの酸欠を回避する。このループではグラフトの接続はすでに終え、新たな回路による血流が成立したはずだ。原理的に考えて、心筋梗塞は起きえないのである。

しかし今、遥はこうして急変している。何度も見た悪夢のような光景が、再び俺の前で再現されている。

紛糾する手術室。殺到する医者たち。響く怒声。次々に静脈注射される薬剤。つい先ほどまでは規則正しいリズムを刻んでいた心拍と血圧が、めちゃくちゃな乱高下でモニターと俺たちをかき乱す。

そして、

「——神崎先生、志葉先生。患者が……死亡しました」

遥が、また死んだ。

「……なんだよ、これ」

俺の口から、ぽろりとそんな言葉が漏れ出た。

何度も何度も遥の手術に失敗して、それでも俺がここまでループを繰り返してきたのは、手術が成功すれば遥は死ななくて済むと思っていたからだ。なのにそんな俺を嘲笑(あざわら)うように、手術を終えようとした瞬間に遥は死んだ。

なら、もうどうしようもないじゃないか。

全身から力が抜けた。これまでになかった感覚だった。

遥の死に際して、今まで何度も悲しさを乗り越えてきた。怒りも、焦りも、ほんの少しの期待もあった。

だがこんな虚無感に苛まれたのは、初めてのことだった。

自分が今までやってきたことが、途方もなく無意味な徒労だった気がした。いや、気がしたのではなく、事実として無意味だったのだ。手術が成功しても遥が死ぬのであれば、もはや俺が繰り返し続けたループに意味はなかった。どんなに掬い上げようとしても、遥の命はこの指先を滑り落ちてしまう。

俺はふらふらと手術室の出口に向かって歩き出した。だが、

「どこへ行く、志葉」

神崎が俺を呼び止める。

「このまま閉創に入るぞ。お前の仕事はまだ終わっていない」

その声が、どうしようもなくカンに障った。

「どうした。手術に戻れ、志葉」

神崎に促されるも、俺はじっと立ち尽くしたままだった。神崎が低い声を出す。

「お前は主治医だ。最後までやれ」

主治医。その言葉を聞いた瞬間、何かの糸が切れるのが分かった。

「……うるせえ」

「なんだと？」

俺は神崎の元へと歩み寄った。静まりかえった手術室の中に、俺の足音が響く。

「うるせえんだよ。もう、どうでもいい」

神崎が目を見開く。

「──どういう意味だ」

怒りをにじませて神崎が問う。だが今更、神崎が怒ったところで俺にはなんの関係もない。俺は吐き捨てた。

「無駄だったんだよ。全部……全部！」

俺はくるりと背を向けた。怯(おび)えたように看護師や医者たちが道を開ける。俺は無数の目に囲まれて、手術室をあとにした。

そのまま、はいずるように病院を歩いた。行き先のアテはなかった。考えることを、脳が拒否していた。

病院の建物を出て、屋外へ。わずかにぬかるんだ土を踏みながら、俺はよろよろと歩き続ける。木枯しが吹く。紅(あか)く色づいた楓の葉が、ひらひらと目の前を舞って落ちた。まるで血のような色だった。

辿り着いた先は例の神社だった。何度となくループを繰り返し、今やすっかり俺にとっては馴染み深くなった例の神社だ。

誰もいない境内に、俺は膝をつく。本殿を見上げながら、うめくようにつぶやいた。

「……なんなんだ？」

看護師の亡霊。何度でもやり直して、患者を救った医療者たち。

「あんたらなのか？　俺をこんな目に遭わせんのは」

俺は一人で言葉を続ける。恨むように、呪うように、呪詛を吐き続ける。

「どうしろってんだよ、こんなの」

ずきんと頭が痛んだ。俺は頭を抱えた。また、あのループが始まるのだ。俺は赤ん坊のように首を横に振った。

「嫌だ……やめてくれ……もう、放してくれ……」

耐えられない。遥の死を目の当たりにして、曖昧な希望にすがり続けるのは、もう耐えられないんだ。

頭痛とめまいが強くなる。まるで、まだ終わってないと冷酷に告げるように。

ふっと目の前が暗くなった。

「ヤブ医者？　どうしたの」

声が聞こえてくる。遥が不思議そうに俺の顔を見つめている。

「すっかり眠り込んでると思ったら、いきなり叫び出してさ。大丈夫？」

あと一日もしないうちに死体となってこの病院を去る少女が、無邪気に微笑んでいる。すぐ目の前にいるのに、もうすぐこの子は絶対に手の届かない場所へ行ってしまう。

声が出せなかった。何か喋ろうとして口を開いても、嗚咽になり損ねたひゅうひゅうという音が喉から漏れるだけだった。

「マジで変だよ。何、気分悪いの」

俺はゆっくり首を振った。満身の意志で無理やり平静を装う。

「なあ、遥」

「どしたの。急に真顔になって」

首を傾げる遥。俺は尋ねた。

「何か、やりたいことはないか」

「え？」

「なんでもいい。あれが食べたいとか、ここに行きたいとか……。できる限り、叶えるよ」

「……急に何？　そもそも、明日は手術予定じゃなかったっけ」

「だからさ。気晴らしは必要だろう。別に、手術の日程なんて数日ずらしても変わりはない」

俺はそんな適当な理由をこじつけて、遥の顔をちらりと見た。本当の理由――明日死ぬ君に、せめて今くらいはいい思いをさせてやりたい。そんなことは、もちろん言えない。

「本当になんでもいいの？」

「ああ、俺にできることなら。神崎先生には連絡しておくよ」

「え、それならちゃんと考える。ちょっと待って、えっと……」

指を折りながら何やら考え込む遥。俺は胸の内側を抉り続ける痛みを必死に押し殺しながら、黙って遥の言葉を待った。

「あ、思いついた」

遥がぽんと手を叩いた。

「あのね、ヤブ医者。私――」

タクシーの車内は静かで、メーターが回る音だけが時々響く。

窓の外はすっかり夜の帳が降りている。後部座席に並んで座り、俺と遥はじっと目的地に着くのを待っている。

「ねえ、ヤブ医者」

「なんだ」

「本当に病院から出て大丈夫なの？」

「問題ない。スタッフには連絡してある」

「……分かった」

不安そうな顔をしつつも頷く遥。俺は窓の外をぼんやりと眺める。繁華街のギラついたネオンを眺めていると、ふと、窓に一筋の水の線が描かれた。ぽつぽつと水滴が窓を叩く音がする。

「……雨か」

俺はつぶやいた。雨足は次第に強くなっていく。

今日——十一月二十六日の夜に雨が降ったということを、俺は初めて知った。なんだか奇妙な気分だった。俺はこの日を数えきれないほどに繰り返しているのに、天気すら知らなかったのだ。

それだけ波場都大学医療センターの中で走り回っていたのだろう。その割に結局、何も変えられなかった。そう考えると、自嘲の笑みをこぼさずにはいられなかった。

俺は首の向きを変え、遥の方へ向き直った。普段の入院患者用パジャマではなく、ごくごく普通の制服姿だ。セーラー服を着ている遥を見て、本当にこいつ女子高生なんだなあと妙な感慨を抱いた。

向かった先は原宿だった。平日の夜だというのに街は賑わっていて、傘をさした人々が行き交っている。

東京の西側からずっと来たのでかなりの金額になっていた。俺はくしゃくしゃになった万札を数枚タクシーの運転手に渡し、車を降りた。

「……傘、忘れたな」

いつの間にか土砂降りになっていた。俺は横の遥を促す。

「早く行こうぜ」

「う、うん」

俺はスマホの地図アプリを起動し、目当ての店を探しながら歩いた。その途中、

「……またか」

俺はうんざりしながら首を振った。電話の着信音が俺のスマホから響き、「朝比奈

恭子」という名前が表示されている。さっきからずっとこうで、数分おきに朝比奈や神崎から連絡が飛んでくる。どうせ遥がいなくなったことがバレて騒ぎになっているのだろう。

俺はスマホの設定をいじり、病院関係者からの着信をかたっぱしから拒否した。これでもう煩わしい思いをすることはない。

「ヤブ医者。……大丈夫？」

鞄を傘代わりに掲げた遥が、怪訝そうな顔をしている。俺は小さく頷いた。

「なんでもない。行こうぜ」

遥の背中を押す。遥はじっと俺を見上げて、

「病院の人？」

どくんと心臓が脈打った。なんと答えたものか俺は迷う。遥は小さく頭を振った。

「いいよ。答えたくなければ、答えなくても」

「……いいのか」

「うん。だって」

水溜まりを避けて歩きながら遥は言った。

「約束、信じてるから」

頭の中を、かつて遥が言った言葉がよぎった。

——約束して。私を助ける、って。

喉がひくりと動いた。ありったけの意志を振り絞って、俺はこくりと頷く。

「行くか」

「うん」

水が跳ぶ音が聞こえる。雨の街を、俺たちは歩く。


インスタ映えという言葉が人口に膾炙して久しいが、俺自身は写真があまり好きではないというのもあり、こぞってスイーツや自撮りの写真をアップロードしている連中を「あいつらアホじゃないか」とこっそり思いながら生きてきた。

そもそも俺は甘い食べ物があまり好きではない。昔から駄菓子の類はしょっぱいものしか食べなかったし、給食の揚げパンは口の中がベタついて苦手だったので隣の席の食いしん坊にいつもあげていた。

そんな俺だが、今は巨大なパンケーキを前にしている。正気とは思えない量のホイップクリームがてらてらと輝いていた。

「一度このお店来てみたかったんだよね」

遥は巨大パンケーキを前に満面の笑みを浮かべていた。

俺たちが来ているのは街の片隅に位置するパンケーキ屋だ。パステルカラーで彩られた店内は、夕食代わりにパンケーキを食べに来た人間で繁盛しているようだった。塾帰りらしい女子高生たちや会社帰りと思われるスーツ姿の女性客の集団がきゃっきゃと騒いでいる。店内には男は俺しかおらず、とても居心地が悪い。

「この……どう考えても人間じゃなくてシロナガスクジラのディナーとしか思えない食物はなんなんだ」

「え、ヤブ医者この店知らないの？　有名じゃん。おっきいパンケーキが名物なんだよ」

遥はパシャパシャとパンケーキの写真を撮ったのち、実に嬉しそうにフォークをぶすりとケーキに差し込んだ。見ているだけで胃もたれしてくる生クリームの塊を、満足げに遥は咀嚼した。遥の白い喉がこくりと小さく動く。

「美味しー！」

「良かったな。ゆっくり食べていいぞ」

「え、ヤブ医者は食べないの」

「いや……俺は……」

俺の前には遥が食べているものとは別にもう一個、パンケーキが堂々と鎮座している。てっきり一人一個だと思って注文してしまったが、運ばれてきた実物を見て俺は自分の間違いを悟った。どう考えてもこれは数人でシェアすべき量で、俺一人で太刀打ちできる代物ではない。

遥は楽しそうにパンケーキを食べ続けている。いつの間にか遥のパンケーキは半分程度まで減っており、こいつこのままいけば糖尿病だなと俺は思った。

「早く食べなよ。ぬるくなっちゃうよ」

横目をやると、店員さんがチラチラと俺を見ていた。「はよ食え」とでも言いたげな様子だった。

一口目はまだ甘さを楽しむ余裕があった。三口目あたりからは舌が文句を言い始め、五口目を頬張る時には残りのパンケーキの残量を確認し絶望した。

「遥、もし良かったら俺の分も食べ――」

「このお店のパンケーキ、ずっと食べたかったんだよ」

遥が感慨深そうな顔をする。

「入院してると、誰かと一緒にご飯食べることもないからさ」

「……そうか」

「すごく、嬉しい。誰かが美味しそうにご飯食べてるのを見るだけで、こんなに楽しいんだね」

「……そ、そうか……」

これはアレだろうか。「何をしとんじゃさっさと食え」という圧力をかけられているのだろうか。

「美味しいね、ヤブ医者」

「お、おう」

正直なところ一口パンケーキを咀嚼するごとに口が「もう勘弁してください」と悲鳴を上げているのだが、この状況ではとても言い出せない。俺は心を無にしてパンケーキを食べ続ける。フードファイターにでもなった気分だった。

なんとかパンケーキを胃に詰め込み、俺は達成感とともにフォークを置いた。もう食えん。

「ヤブ医者、私この苺が乗ったやつも食べたい」

正気かこいつ。

「ねえ、一緒に食べようよ」

「いやこれ以上は無理というか、物理的に入らないというか」

「……なんでも言っていいって言ったくせに」

「う」

「ヤブ医者は約束を守らない人なんだね」

「それはその、それとこれとは別というか」

「いいよ。大して期待してなかったし」

「……店員さん。追加の注文、いいすか……」

遥のじっとりとした抗議に耐えかねて屈服し、俺は悲壮な思いで店員さんを呼んだ。

「このストロベリーとナッツのパンケーキと、あとレモンのクレープもください」

「クレープも食うのか？」

「レモンは酸っぱいから胃酸と一緒に消化を促進するからお腹に溜まらないんだよ」

「俺は医者だけどそんな話は初めて聞くな」

ほどなく山盛りパンケーキとクレープが運ばれてきた。俺はもう見るだけでお腹いっぱいなのだが、遥はこれも写真を何枚か撮ったのち嬉しそうに食べ始めた。よく食うなオイ。

「んー、酸っぱい果物もいいね」

「良かったな。ゆっくり食べていいぞ、俺はここで眺めてるから」

俺はスマホでもいじって時間を潰していようかと思ったのだが、

「はい、ヤブ医者。あーん」

遥がフォークにクレープの切れ端を刺して俺の口元に差し出してくる。俺はふるふると情けなく首を振った。

「いやいやいや、そんなお気遣いなく」

「恥ずかしがらなくていいって」

「いや俺は恥ずかしいわけじゃないんだ。ちょっとこう、胃の容量的な問題なんだ」

「ヤブ医者は私のクレープ食べられないの」

飲み屋で絡んでくるオッサンみたいな物言いでぐいぐいとクレープを近づけてくる遥。誰か助けてくれと周囲を見回すと、あたりの客がニヤニヤと笑いながら俺たちの様子を眺めていた。

「仲いいね、あの二人」

「見せつけてるんだよ」

「ヒューッ」

こいつら人ごとだと思って勝手なこと言いやがって。

クレープを差し出してくる遥は上目遣いでわずかに目を潤ませており、あざと可愛いというか思わず言うことを聞いてあげたくなるが、それはさておきフォークの先に刺さったクレープは今の俺にとっては凶器だ。腹の中で胃が「お前これ以上食べたらマジで吐くからな、俺は本気だぞ」と赤信号を出している。

「お腹いっぱいなんだ、少し休憩してから……」

「クレープは出来立てじゃなきゃダメだよ。ちょっと待って、なんていうのはクレープに失礼だよ」

逃げ場はないらしい。

南無三、密かに覚悟を決めたのち俺はぱくりとクレープを頬張った。猛然と抗議してくる舌と胃を無視して、もさもさとクレープを咀嚼する。

結局遥はその後、さらにデザートのパフェをおかわりして全て平らげた。付き合わされた俺が決死の思いでパフェを腹に詰め込んだことは言うまでもない。

満足そうに腹をさする遥を引き連れて店を出る。

「美味しかった！」

「そうか。良かったな」

俺は小さく笑った。俺の胃はパンパンに膨らんだ風船のように張り詰めて何かの拍子に中身がまろび出そうだが、遥が喜んでいるならそれに越したことはない。

「手術が終わったらまた行こうね、ヤブ医者」

ごくりと唾を飲む。俺は返事ができなかった。

手術が終わったら――。その仮定がどれほど無意味で残酷なものなのか、俺だけが知っている。

遥は首を傾げた。

「ヤブ医者？」

「……あ、ああ。そうだな。退院したら、また行こう」

笑顔を貼り付け、薄っぺらい言葉を自己嫌悪とともにひねり出す。この子が退院してパンケーキを食べに行く未来は来ない。永遠に。

外は相変わらずの雨模様で、俺は店の軒下で頭をかいた。

「困ったな。泊まる場所も考えないといけないのに」

俺は近くのホテルを調べた。幸いいくつか点在しているようで、適当に入ってみるかと俺は歩き出した。だが、

「申し訳ありませんが、二つお部屋をご用意することはできません」

受付のお姉さんが頭を下げる。俺は途方に暮れた。

（これで五軒目か……遅い時間だし、もう部屋取られちゃってんのかな）

かなりお高いホテルまで視野に入れてみたが、それでも部屋を確保できない。今いるのも広いロビーにふかふかのソファが置かれた高級そうなホテルで、泊まらない以上は長居するわけにもいかない。

こうなったら、少し遠い場所のホテルまでしらみつぶしに当たってみるか。俺がスマホで検索を始めると、おずおずと受付のお姉さんが話しかけてきた。

「あの、ダブルのお部屋で良ければ空きがあります。いかがでしょう」

いやいやいやいや、と俺は苦笑いする。それはつまり女子高生と俺が同じ部屋に泊まるということだ。未成年ナンタラ条例でお縄になってしまうし、そもそも遥だって嫌だろう。

そう思ったのだが、

「ほんとですか⁉　じゃ、それにします！」

俺が断るより先に、横の遥が返事をしてしまう。俺の口から「えっ」と声が漏れた。

受付のお姉さんは恭しく頭を下げ、「かしこまりました。少々お待ちください」と奥に引っ込んでしまった。

「断ろうと思ったんだけどな」

「なんで？　やっと泊まる場所見つかってよかったじゃん」

「いやだって……それはお前……」

俺は遥の顔をまじまじと見た。俺の意図するところを察してか、遥が小馬鹿にしたように鼻を鳴らす。

「私は別にヤブ医者と一緒の部屋でいいよ。気にしない」

「しかしだな」

「だいたい、あんた未成年に手を出す根性なんてないでしょ」

「いや、そういう問題じゃ――」

なおも反論しようとした俺だが、フロントのお姉さんが戻ってくるのを見て口をつぐんだ。

戻ってきたお姉さんは俺たちにカードキーを二枚渡した。まあ確かに遥の言う通り、今から他の宿泊先を探すのも大変そうだ。今日はもうこれでいいや、と俺はエレベーターに乗り込んだ。

「おお、でっけえ」

部屋に入り、俺は感嘆の声を上げた。さすが高級ホテル、ベッドの他にもでかい机にソファと、まるで英国貴族の部屋のようにシックな調度品が並んでいて、それでいて手狭な印象は全くない。

俺は荷物を置き、遥に言った。

「シャワー入ってこいよ」

「え？　いきなり何……？」

胸元を押さえて後ずさる遥。

「何勘違いしてんだ。風邪引くだろ、さっさと着替えてこいよ」

俺はすっかりビシャビシャになった遥のセーラー服を見る。遥は「それはそれでなんか腹立つ」とわけの分からないことを言いながら、なぜか少し顔を赤くしてシャワー室に入っていった。

手持ち無沙汰にテレビをつける。知らない芸能人が、大袈裟(おおげさ)なリアクションで政治の批判をしている。

俺はどさりとソファに腰掛けた。体がだるい。ループに巻き込まれて以降、俺の主観においては数百日という時間をぶっ続けで動き続けてきた。

だがその努力――いや、徒労も行き詰まった。どう足掻(あが)いても遥の救命が難しいことが分かった今、もはや俺には何を頑張ればいいのかもよく分からない。

雨の音が聞こえる。俺はゆっくりと目を閉じた。

どれほどそうしていただろう。俺は肩を揺すられて顔を上げた。

「ヤブ医者。寝てんの？」

呆れたような顔をして俺の顔を見る遥。その髪はわずかに濡れていて、遥は部屋着に着替えていた。

「シャワー出たよ。入ってきたら」

「……ああ」

緩慢な動作で腰を上げる。着替えの準備をしていると、遥が何やら鞄から本とノートを取り出し、おもむろにボールペンを動かし始めた。

「勉強してるのか」

「そ。来年受験だからね」

そういえばそうだった、と俺は頷いた。別のループでも、遥は熱心に勉強していた記憶がある。

胸がずきりと痛んだ。この子の努力が報われる日は来ないことを、俺だけが知っている。

「ねえ、ヤブ医者。整数問題全然解けないんだけど、コツとかあるの？」

ソファに座る遥が、参考書をにらみながら尋ねてくる。俺は唇を噛んだあと、

「別に今日くらいは勉強しなくてもいいんじゃないか」

「そうはいかないよ。受験生だし、私」

真っ直ぐな返事だった。なんと答えたものか長い間悩んだあと、遥の横に座った。

問題にサッと目を通したあと、

「――だから、整数問題ってのは困ったら約数や不等式を考えてみるといい」

俺が一通り説明すると、遥は目をパチクリさせながら俺を見ていた。「なんだよ」

と俺が問うと、

「ヤブ医者数学得意なんだ。知らなかった」

「昔、塾講師のバイトしてたからな」

前もこんなやりとりをしたな、と俺は思い返す。あの時と同じように、遥はなりたい自分になろうと努力している。

一方で、俺は変わってしまった。あの時俺の胸に満ちていた気持ち――湊遥を何がなんでも助けたいという意志は、すでに消えてしまっている。

「それならさ、私、他にも色々聞きたいことがあるんだよね。ヤブ医者、物理とか英語とかも聞いていい？」

「……まあ、俺に分かる範囲なら、教えるよ」

やった、と無邪気に喜びながら、遥は質問を続ける。俺は勉強を教えながら、祈るように心の中でつぶやいた。

（これが……この時間が、ずっと続けばいい）

遥がどうしても死んでしまうのなら、それなら、せめて。最後の思い出が、幸せなものでありますように。

「ヤブ医者？　どうしたの？」

遥の声で我に返る。遥は不思議そうに俺を見ていた。俺は小さく首を振り、

「なんでもない。勉強に戻るか」

遥の参考書に向き直った。

静かな夜だった。雨の音と、俺たちの声だけが聞こえていた。

しばらくすると遥の目蓋が落ち始めたので、俺は「そろそろ寝るか」と提案した。

半分眠りの世界に入っているらしい遥は、「んー」と締まりのない返事をした。

ベッドの隅っこで丸くなる遥は猫か何かのように見えた。電気を消してしばらくすると、静かな寝息が聞こえてきた。

ソファの上で横になっていた俺だが、目が冴えてまるで眠くなる気配がなかった。

しばらくじっとしていたが、

「……眠れん」

おもむろに体を起こし、音を立てないようにそっと部屋を出た。

自販機で缶ビールを買い、部屋に戻る。俺たちが宿泊しているのはベランダが敷設されているタイプの部屋で、俺は遥を起こさないようにそっとベランダに出た。

相変わらず雨足は強いが、広いベランダなので濡れる心配はなさそうだった。俺は木編みの椅子に腰掛け、雨にけぶる夜景をぼんやりと眺めながらビールを飲んだ。

無為な時間だった。何をすればいいのかも分からず、俺は酒を呷り続けた。

これまでのループのことが次々に思い出された。そのどれもが、最後には遥の死という結末を迎えている。

反射的に手に力がこもる。ビールの缶がくしゃりと潰れる。俺は小さな声でつぶやいた。

「……畜生」

どうせ死ぬならせめていい思いをさせてあげたい。なんて、割り切れるわけがない。

俺はこの子に生きていてほしいのだ。理不尽な病魔からはすっぱり縁を切って、人生を歩んで行ってほしい。あの人を小馬鹿にした腹の立つ顔で、ずっと笑っていてくれたら、どんなにいいだろう。

しかしそれが叶わぬ願いだということを、俺は骨身に染みて知っている。

「畜生……！」

雨が、強く降っている。

翌朝、ホテルをチェックアウトしたあと、俺は遥と並んで街を歩いていた。なんでも昨日の店とは別のスイーツを食べたいらしい。つくづく甘党である。

雨上がりの空は晴れ渡っている。水たまりがあちこちに点在する街を、遥と並んで歩く。繁華街を少し外れて、住宅街を通って目的地に向かった。

「今日行くところは果物のパフェが有名なんだよ。二時間くらい並ぶらしいから、覚悟しといてね」

「ああ。分かったよ」

俺は苦笑いしつつ答えた。だが遥は、

「ねえ、ヤブ医者。どこか具合悪いの？」

心配そうに俺の顔を見上げてくる。俺は首を傾げ、

「別にそんなことないぞ。どうした、急に」

「だって……なんか、辛そうな顔してるから」

俺は二の句が継げなかった。

遥の指摘は、正しい。一歩一歩歩くごとに、叫び出しそうな悲しさと虚しさが胸にこみ上げる。遥の死に続く階段を上っていることを実感する。

そうしていると、ふと、

「あ！　志葉先生！」

「え……」

道端で声をかけられた。老齢の女性で、手足は筋張って不健康に痩せている。どこかで見た顔だった。ややあって、俺は彼女のことを思い出した。

「おかげさまで退院しまして。本当にもう、お世話になりました」

「いえ。そんな、俺は何も」

数ヶ月前、呼吸器内科をローテーションしている時に担当した患者だ。確か病名は「肺大細胞癌」だったと記憶している。

「そういえば、この辺に住んでるんでしたね」

「ええ。通院が大変なんですけど、ぜひあそこで診てもらいたくて。二時間かけて通ってますよ」

オバチャンがからからと笑う。俺は曖昧な愛想笑いを浮かべながら、彼女の話に相槌を打つ。

大細胞癌は肺癌の中でも厄介な部類で、予後は非常に悪い。このオバチャンも、今でこそ一時的に退院して出歩けているようだが、あと一年も保たないだろう。この様子だと、本人はそのことをまだ知らないかもしれない。

「志葉先生に担当していただいて良かったわあ。毎朝毎晩、日曜日まで話を聞いてくれてねえ。本当に心強かったです」

「そっすか……。はは……。それは良かった」

それは俺の呼吸器内科における上級医が、「研修医は土日も朝夕回診して患者の状態を報告すること」というルールを決めていたからだ。俺は「なんで週末も朝から晩まで病院にいなきゃいけないいんだよ」とぶうぶう言っていた記憶がある。

「志葉先生はきっといいお医者さんになるって、私確信がありますのよ。頑張ってくださいねえ」

「はあ、どうも」

その後もひとしきり好きなことをまくし立てるオバチャンに、俺はへらへら笑いながら話を聞き流す。言いたいことを言ったあと、

「いけない！　もうこんな時間、子どもが帰ってくるわ」

オバチャンはぱっと歩き出していった。去り際、

「志葉先生！　ファイトー！」

何度も振り返り、オバチャンは近隣に響き渡る大声でそう叫んだ。何とファイトするのかは俺にはよく分からない。ただただ恥ずかしかった。

「ヤブ医者、めっちゃ好かれてんだね」

オバチャンが去ったあと、横の遥が驚いたように言った。俺は肩をすくめて苦笑いを返した。

「すごいじゃん。ちゃんとお医者さんやってるんだ」

遥は目を輝かせて俺を見上げている。

「やっぱりいいね。お医者さんって」

その屈託のない笑みを見て、俺はまるで、心臓を鷲掴(わしづか)みにされたような痛みを感じた。

「良くねえよ。医者なんて」

思わず、ぽつりと刺(とげ)のある言葉を漏らす。遥が怪訝そうに俺の顔を覗き込んできた。

「こんなふざけた仕事ないだろ。医者なんて、クソだよ」

「……ヤブ医者？」

俺は額に手を添えた。これまでギリギリのところで押さえつけてきた何かが、俺の中で決壊しようとしていた。

「今のオバチャンな、肺癌なんだよ。それも大細胞癌っていう、一番タチの悪いタイプだ。来年の今頃にはきっと死んでる。もっともらしく化学療法（ケモ）をやりましょう、なんて言ったけど、俺は大して効果のあるかどうかも分からない治療をしてお茶を濁しただけだ」

変な音が口から漏れた。俺は引きつった笑い声を上げた。

「使った抗癌剤は一発打つだけで百万円近くかかる。それを三週間ごとにやるんだ、とんでもない金額だよ。その金はもちろん税金から支払われる。それだけのコストをかけても、せいぜい数ヶ月しか寿命を延ばすことはできない。高い金を払って、抗癌剤の副作用に苦しめられて、その程度なんだ」

いつの間にか俺は路上に膝をついていた。呻くように、呪うように、俺は言葉を吐き捨てる。

「結局、医者がやれることなんてほんのちょっとだ。俺には、俺たちには、何もできない。俺は癌に侵された人を助けることはできないし――」

何の罪もない女の子が死に至るのを、指をくわえて見ていることしかできない。遥がどんな顔をしているのか、俺には分からない。目を合わせるのが怖かった。

「ね、ヤブ医者」

遥が語りかけてくる。

「私にはお医者さんや医学のこととか分からないよ。ヤブ医者が言う通り、医学って私が思ってるより全然ショボいのかもしれない」

でも、と遥はなんでもないことのように続けた。

「さっきのおばさんさ。嬉しそうだったよ」

俺は遥に向き直った。遥は優しく笑っていた。

「ほんのちょっとしか長生きできないのかもしれないけどさ。きっと、ヤブ医者の治療は無意味じゃなかったよ。だって、あんなに喜んでたんだから」

俺は信じられない思いで、目の前の少女を見た。

「憧れるなあ」

まるで恋する乙女のように、遥は頬を染めてはにかむ。

「やっぱり私、医者になりたい」

俺は呆気に取られて遥を見上げた。

言いたいことは沢山ある。看護師や上級医にはアゴで使われ、モンスターペイシェントが顔を合わせるたびに理不尽に恫喝してくる。当直では寝ようと思った瞬間に叩き起こされ、救急外来に行くと酔っ払いがゲロと罵声を吐きかけてくる。徹夜で資料を準備したカンファレンスでコテンパンにこき下ろされ、朝日が昇る前から日付の変わり目まで働いても残業代はつかない。同じ時間をかけてコンビニでバイトした方がよっぽど給料はいいし、大学院に入ったらタダ働きだ。研修医の何割かは抑うつになり、自殺者まで時々出る始末ときている。

こんな仕事やめとけ。そんなセリフが喉元まで出そうになる。

だが――どこまでも無垢に笑っている遥を前に、俺は結局、何も言えなかった。

「帰ろ。ヤブ医者」

「……ああ」

遥と並んで歩く。

「なあ、遥」

俺はぽつりと言った。

「お前はすごいよ。俺は――」

そこまで言ったところで、横でどさりと何かが落ちるような音がした。

「……遥？」

俺はゆっくりと顔を向ける。妙な話だが、俺は見る前から、何が起きているか薄々分かっていた。

死神は俺の事情なんて気にせず、いつも唐突にやってくる。

歩道の上で、湊遥が胸を押さえて倒れていた。

「キャ……キャァー！」

通りすがりのおばさんが悲鳴を上げる。周囲の人が慌てふためいて救急車を呼んでいるのを、俺はぼんやりと眺めていた。

体が動かなかった。鉛を手足に詰め込んだように、微動だにしない。

ほどなく救急車が到着した。救急隊が鬼気迫る顔で心臓マッサージを開始し遥を救急車に乗せるのを、俺は見ていることしかできなかった。

俺は遥の主治医だ。今すぐ救急隊に状況を伝え、治療に参加するべきだ。そう分かってはいても、どうしても動けなかった。

そこに至ってようやく、俺は自分の心の糸が完全に切れてしまっていることを自覚した。

俺はすでに、医者として終わっていた。

（何度目だろう、これ）

心臓が止まり、二度と目を開けることのなくなった遥を眺めながら、ぼんやりと掴み所のない思考に埋没する。

遥は救えない。どう頑張っても助けられない。けれど、遥が死ぬことには耐えられない。

そんな俺が選んだ選択肢は、ただひたすらに逃げ続けることだった。同じ日を延々とループして、遥が死んだのをなかったことにする。

半ば惰性のように、「まあ手術を手伝わずにいてもやることないしなあ」とふざけた動機で手術に入り、目の前で遥が死ぬのを見届けたあとは「よしじゃあまたループして昨日に戻るか」と息をつく。

ある意味では完成されていた。なんの希望もない代わりに、思い通りにならない未来に絶望することもない。ぬるま湯のような逃避にすがりつつ、俺は遥の死から目を背け続ける。

いっそ遥の死を受け入れたらどうだろうと思うこともあった。ループを通して遥を助けることを諦めてしまう。不思議な話だが、そうと覚悟を決めればきっとこの不思議なループから抜け出せる自信が俺にはあった。看護師の亡霊たちも、何もかもを諦めてしまった俺を無理やりに引き止めることはしないだろう。

だが結局俺はその覚悟すら決めることはできなかった。もう見込みのない努力をして奈落に振り落とされるような思いをしたくない、けれど遥が生き延びる一筋の糸を切る勇気もない。

我ながら、唾棄すべき優柔さだった。

手術を終えた俺は、手袋と滅菌ガウンを脱いで研修医室に戻った。ほどなくループの前兆であるめまいと頭痛がやってくる。その時に誰かに見られていては居心地が悪い、人気のない場所にいようと思ったのだ。

幸い研修医室には誰もいなかった。それはそうで、こんな昼前の一番忙しい時間帯に研修医室でダラダラしている奴などいない。だが研修医室のソファに寝そべってスマホをいじっていると、おもむろに入り口のドアが開いた。

「いた。探したよ、志葉」

「……朝比奈」

この女もつい先ほどまで手術室にいたはずだ。手術着にそのまま白衣を羽織っている。わずかに目が充血していた。泣いてたのかこいつ、と俺は首をひねる。

「何やってんだよ、お前。仕事あるだろ」

「お互い様」

全くもってその通りである。俺がソファの上をずりずりと滑って場所を開けると、朝比奈はそこにぽさりと腰掛けた。

「志葉さ」

「おう」

「湊さん、死んじゃったね」

「おう」

俺は無感動に返事をした。朝比奈が非難するように眉をひそめて俺を見た。だがどうしろと言うのだ。朝比奈にとっては初めての出来事かもしれないが、俺にとっては遥の死はもはやありふれた日常だ。身を切るような痛みも、何度も味わえば体の方が擦り切れて何も感じなくなる。

「悲しくないの」

「別に」

「辛くないの」

「別に」

俺はスマホから目を離さないまま言った。朝比奈はじっと俺を見たあと、

「志葉、顔つき変わったね」

「そうかな」

「うん。昨日とは別人みたい。やつれてる」

「やつれた？　俺がか」

朝比奈が首肯する。俺は思わず自分の頬に手を添えるが、特に肉が落ちたようには思えない。あまり深く考えたこともなかったが、髪や髭（ひげ）が伸びていないことから考えると、ループのたびに俺の体も元の状態に戻っているはずだ。となると朝比奈の指摘は的外れであるはずだが、当の朝比奈はまるで死刑囚でも見るような沈鬱な顔をしている。

「一番辛いの、志葉でしょ」

俺は何度か目をぱちくりさせたあと、唾でも吐きたい気持ちになった。

「俺が哀れっぽく泣いたら遥が生き返るってんなら、いくらでも悲しむけどな」

悲嘆に暮れようと、理不尽に怒ろうと、事実は変わらない。湊遥は死んだ。

俺は何回何十回何百回と同じ時間を繰り返して、ただの一度も遥を助けられなかった。

救い難い能無しだ。

「もうすぐ出棺らしいよ。先行ってるから」

「俺は行かない」

「駄目。来なよ、絶対」

「命令される筋合いは——」

俺の言葉を最後まで聞かず、朝比奈は研修医室を出て行った。

俺は深々とため息をついたあと、もったりと腰を上げた。その際ふと気になって、鏡に映った自分の顔を確認する。

誰だこいつ、と思った。鏡の向こう側から俺をにらんでいるのは、蠟燭のように青白い顔に、落ち窪んだ眼窩に澱んだ目をはめ込んだ男だった。それが自分だと認識するのには、少し時間が必要だった。

まるで死人のようだった。

俺は何度か顔を洗った。ずるずると足を引きずりながら、俺は階段に向かった。

遥の出棺には多くの医療従事者が詰めかけていた。俺はどこか懐かしい思いで周囲を見回す。

（長らく来てなかったからな、実際……）

一回目と二回目のループでは俺は遥の出棺に参加している。だがそれ以降、自分がループに巻き込まれていると自覚してからは、俺はこの場に参加していなかった。

ここに来ると、否応（いやおう）なしに遥の死を突きつけられる。物言わぬ肉塊と化した遥を見せつけられる。それが、嫌だったからだ。

神崎も、高峰さんも、朝比奈も、皆悲痛な顔をして顔を伏せている。それも当然だろう。遥の棺桶の横に立ち、何度も目元を拭ってしゃくり上げる両親の姿を見るのは、あまりに胸が痛んだ。

医療従事者は行列を作って、順番に遥に花を添えている。俺は列の一番後ろに並んだ。俺の前にいた人物は、「あれ」と言って首を傾げた。

「志葉。遅かったね」

潤さんだ。手術室を抜けてきたのだろう。手術着のままだった。

「どうした？　顔色悪いよ」

「……そっすか」

朝比奈といい潤さんといい、俺の顔はよほどおかしくなっているのだろうか。へへへ、と愛想笑いをしたら、潤さんは気味悪そうに口をへの字にした。

「志葉。その笑い方、怖い」

「すんません」

そういえば、と俺は首を傾げる。以前にも、誰かに愛想笑いが気色悪いと言われたことがあった気がする。さて、誰だったか。

——前はいっつもニヤニヤ笑ってて、キモかった。

——最近、本当に態度変わったよね。

——……まあ、そっちの方が私もいいけどさ。

（ああ、そうだった）

遥だ。日付としてはつい昨日の出来事だが、俺にとってはもう遠い昔のことだった。

（ごめんな）

俺はお前を助けられなかった。約束を守れなかった。

俺は、お前の「先生」にはなれなかった。

まさに、ヤブ医者だ。

献花の順番が回ってきた。俺は花を添えるために遥の遺体に近づいた。

（遥……）

せめて、遥の顔をしっかり見ておこう。目を背けずに、ちゃんと。そう思って、俺は顔を上げた。

遥は花の敷き詰められた棺桶の中で眠っている。遥の顔はうっすらと化粧で整えられていた。こうしていると、とても精巧で美しい人形のように見えた。俺はその顔を覗き込み、

(……え?)

一つ、違和感を抱いた。

俺の手から花束が落ちた。だがそれを拾い上げることもせず、俺は前のめりになって遥の顔を覗き込んだ。誰かが「ちょっと」と俺に駆け寄ってきたが、返事をするゆとりはなかった。

(どういう……ことだ……!?)

見間違いではない。俺の心臓がバクバクとうるさいほどに脈を打つ。全身に汗が噴き出した。

遥の死体には一つ、致命的におかしいところがある。

それこそ、全てが引っくり返るほどの。

(バカな……そんな、ありえないだろ!? どういうことだよ、これ……!?)

なんなんだよと叫び出しそうになる。わけが分からない。

こんなことが——許されるのか。

その瞬間、例のめまいが来た。ぐらりと視界が傾く。これまでにない戸惑いに包まれながら、俺は再び過去に舞い戻る。

「ヤブ医者？　どうしたの」

神社の片隅で、俺は目を覚ます。見慣れた天井が俺を出迎える。

だが俺の頭は、過去かつてないほどの混乱で満ちていた。

「すっかり眠り込んでると思ったら、いきなり叫び出してさ。大丈夫？」

遥の声に返事をする余裕もない。俺はひたすらに思考の海に埋没する。

（もし……もし、俺の考えが正しいなら……）

俺が置かれた状況の意味がまるで変わってくる。これまで見えていなかった側面が明らかになる。自分でも信じられないが、他に説明がつかない。

（遥を救える、かもしれない）

暗闇に垂れた一筋の蜘蛛の糸だ。だがそれは決して、何もかもを魔法のように解決する打開策ではない。むしろ取り返しのつかない犠牲を払うことになるだろう。

（どうする？　どうすりゃいい？　……）

俺は怖気付いていた。ループなんていう数奇な経験をしたはいいが、俺は根本的に平凡で意志の弱い人間だ。自分が積み上げてきたものを全部懸けて一世一代の大博打を打てるかと聞かれれば、二の足を踏んでしまう。

「ねえ。ヤブ医者ったら。どうしたの」

遥が俺の顔を覗き込む。息がかかるほどの距離だった。

俺は遥の腕を見た。採血と点滴を繰り返してあざだらけになった腕だった。俺の視線に気付いたのか、遥は少し顔を赤くして服の袖を引っ張って腕を隠した。

「何？　じろじろ見ないで」

俺はごくりと唾を飲んだ。自分の中で、何か大きな塊がすとんと腹の奥に落ちたような気がした。

(そうだ。俺がやることは、やらなきゃいけないことは、最初から決まってる)

荒くなっていた息遣いを鎮めるように、深呼吸を繰り返す。知らない間に震え出した手を、強く握り締める。

(俺は——この子を、助けるんだ)

俺はゆっくりと立ち上がった。遠くには波場都大学医療センターの建物が、夜の中で朧に浮かんでいた。

手術室は静寂に包まれている。

すでにこの手術に参加する面々——執刀医である神崎、その助手の俺と朝比奈、麻酔科医の潤さんと器械出しや外回りの看護師などなど、何人もの人間がスタンバイしている。

「ヤブ医者、私……」

遥が不安そうな顔をして俺を見ている。俺はぎゅっと唇を引き結んだあと、深く頷いた。

「大丈夫だ。絶対に助ける」

今度こそ、と俺は内心で付け加えた。

「……うん」

遥は不安そうに目を伏せた。その様子を見ていた潤さんが言う。

「じゃ、湊さん。始めるよ」

遥は緊張した面持ちで、ゆっくりと手術台に横たわった。

「点滴から眠くなる薬を入れるよ。少し針が入っているところが痛むことがあるから、それだけ覚悟しておいて。あとは神崎先生たちに任せて大丈夫。起きたら手術は終わってるよ」

潤さんがゆっくりと全身麻酔(プロポフォール)を静脈注射する。クリーム色の液体が点滴のチューブを通ってゆっくりと遥の血管へと吸い込まれていく。

「湊さん」

「……はい」

「だんだん眠くなるよ。ゆっくり深呼吸して」

潤さんが遥の肩をトントンと叩く。

「湊さん」

「…………」

「湊さん。分かりますか」

「…………」

遥の反応はない。麻酔をかけられ、すでに意識を手放している。

ここから先、患者の呼吸や血圧の管理は全て麻酔科医が握ることになる。潤さんは慣れた手つきで気管チューブを遥の気管に挿入した。

「挿管終了。……じゃ、執刀医の先生方。お願いします」

神崎が頷き、手術室の外で手を洗うために部屋を出ようとする。

（……ここだ）

俺はすうと息を吸った。

頭の中をいろんな光景が駆け巡った。何度となくループを繰り返し、遥を死なせ続けた経験を、苦々しさと共に思い返す。

果たして今回も同じ結末に終わるのか、それとも——まだ見ぬ明日に辿り着けるのか。

足元に絡みつく恐怖を振り払い、俺は一歩を踏み出す。

手術室のドアの前に立った俺を見て、神崎が俺をねめつける。俺は首を横に振った。

「どけ、志葉」

「どきません」

唾を飲み、一息に言い放った。

「このまま手術をしたところで、患者は死にますから」

部屋中の人間が一斉に俺に振り向いた。神崎が「ほう」と低い声を出す。

「俺の手術で人が死ぬと。お前はそう言いたいわけか」

「神崎先生のせいじゃないです。誰が執刀しようと、今日、ここで手術をした遥は死にます」

「知ったようなことを言う。まるで予言者だな」

「予言かどうかは知りませんが、この予想には自信があります。だって……」

俺は一言一言を刻みつけるように、ゆっくりと言った。

「この患者は、殺されようとしていますから」

不気味な沈黙が手術室に満ちた。

「意味が分からんな」

神崎の声が響く。俺はカラカラの喉で唾を飲み込んだ。

俺はずっと、遥が死んでしまう理由は病死によるものだと思っていた。遥の持病である、高安動脈炎に伴う冠動脈狭窄と、その梗塞。

手術をせずに放っておいたら発作が起きる、というのは理解できる。俺が遥を連れて大学病院に行こうとした時や、一緒にホテルに泊まったループで遥が死んだ理由は間違いなく高安動脈炎を原因とする心筋梗塞だろう。神崎が言っていた、遥の血管は高度に狭窄していていつ心筋梗塞を発症してもおかしくない、という言葉もこの推測を示唆する。

だが一方で、手術をしても死ぬパターンはこの考え方では説明しきれない。手術が間に合わず不幸にも手術室で心筋梗塞を発症し、救命が間に合わなかったというならまだ納得できる。だが手術室で全身管理を行い、心臓の血管に新たなバイパスを作成して血流を確保してもなお心停止が起きる、というのは理屈に合わない。

一度思いついてみれば、なんでこんなことに気づかなかったんだとすら思う。遥の死、という結果をもたらすものが、常に一つの原因で説明できるとは限らない。冠動脈狭窄による心筋梗塞だけではなく、遥の死亡にはもう一つの理由があるとしたら？

もう一つの理由——すなわち、他殺。

何者かの悪意が遥を死の淵に叩き落としているとすれば、ここまでループを繰り返し続けても遥を救命できない理由が説明できる。

冠動脈狭窄による心筋梗塞と、他者による殺害。

遥の死因は二つある。

手術室中の人間が皆、信じられないような目で俺を見ている。彼らにしてみれば、普段通り手術を始めようと思ったら突然研修医が「このままだと患者が殺される」と言い出した状態だ。俺の頭を疑いたくもなるだろう。

神崎がマスク越しにも分かるほど顔を歪めた。

「……ふざけた話だが、一応続きを聞いてやる。どうやって、誰が、この患者を殺すと言うんだ」

俺はすうと息を吸った。

「術中死に見せかけて人を殺す、というのは簡単なことじゃありません」

「当然だな」

「手術室には何人も人がいますし、バイタルも常に監視されている。例えば、俺がわざと患者の上行大動脈を切断して失血死させようとしたところで、すぐに別の医者が気付いて止血操作を始めてしまう」

俺は一度言葉を切った。

「手術室には人目があるし、音も響く。患者の首を絞めたり、血管を切ったり、そういう分かりやすい殺し方はすぐにバレる。誰かを殺そうと思ったら、自然にやり方は限られる」

「ほう。やり方、と言うと？」

「毒殺です」

神崎が鼻を鳴らした。

「話にならんな。お前は、手術中に俺たちの前にノコノコやってきて、術野やら点滴やらにせっせと毒を混ぜている奴がいると言うわけだ。そんな怪しい奴は、俺の目には見当たらんがな」

神崎の言葉に、手術室中の人間が頷いた。

彼の言うことはもっともだ。手術中に部外者が入ってきて患者の近くで怪しい動きをしたら、どう考えても目立つ。

「俺もそこに関しては否定しません。神崎先生の言うことはもっともだと思います」

「なら――」

「でもそれは、俺の主張に対する反論になっていません。手術室の外から入ってきたら目立ちますが、元々手術に参加するスタッフとしてこの部屋にいれば、患者の近くにいても不自然じゃない」

神崎が目を見開いた。そののち、

「……お前、自分が何を言っているのか、分かっているのか」

「ええ。もちろん」

俺はすう、と息を吸い込んだ。

「湊遥を殺そうとしている人物は、今、この部屋の中にいる」

とんでもないことを言っている自覚はあった。何度となく顔を合わせた仲間や上司たち。そのうち一人は人殺しだと、俺は言っている。

だが何度考えても、どれだけ熟慮を重ねても、やはり、これしかないのだ。

「この部屋に殺人者がいると？」

「そうです」

「ふざけるな。いかに手術スタッフとはいえ、妙な動きをしていたら気付く。お前の言っていることは荒唐無稽だ」

俺は手術室にいる面々をぐるりと見回した。

「それでもこの中に一人だけ、いるんです。手術中誰にも姿を見られず、しかも、患者の点滴や胃管をいじってそこに毒物を注入しても、誰にも気付かれない人物が」

「――まさか」

神崎が目を見開く。朝比奈も同様に気付いたらしい。二人の視線が、同じ方向へと向く。

手術中の麻酔科医は独特の存在だ。滅菌布の向こう側で患者の輸液や呼吸状態を管理する、言ってみれば命綱の役割を果たす。昇圧剤や筋弛緩薬など、数多くの薬剤を駆使しながら患者の命を維持するのだ。

だがそれは言い換えれば、悪意を持って毒を注入していても、誰にも見咎められないことを意味する。

「分かってるんでしょう。出てきてくださいよ」

俺がそう声を投げると、滅菌布の向こう側からゆっくりと、一人の人間が姿を現した。人工呼吸器の横に立ち、彼女はじっと俺を見据えた。凄(すさ)まじい目つきだった。

「麻酔科医、成部潤。——あんたが、殺人者だ」

Chapter 5 あるいは、最後の唯一解

潤さんはじっと押し黙ったままだった。手術室のモニターから、遥の心拍を表す音が規則正しく聞こえている。

「何を言ってるのか、よく分からないな」

潤さんがそう口火を切り、呆れたように頭を振った。

「私が患者を殺そうとしている？ 志葉さ、冗談にしても面白くない」

目を細め、潤さんは俺を見据えた。

「不愉快だな」

俺はごくりと唾を飲んだ。大学生の頃から世話になった先輩で、何年来の付き合いだが、今ほどこの人を怖いと思ったことはない。

「……もし潤さんが遥を毒殺しようとするなら、一つ必要なものがある。殺人に使用する毒だ」

俺は順番に部屋の中にいる人たちを見回した。誰もが潤さんと俺を不安そうに交互に見比べている。潤さんは鼻を鳴らした。

「毒、ねえ……。まあ、確かに誰かを毒殺しようと思うなら毒は必要だな。そんな当たり前のことを言って、何がしたいのかな」

潤さんは麻酔器の上に乗ったシリンジを一つ手に取った。先ほど全身麻酔（プロポフォール）の導入で使用したシリンジで、わずかに白い液が残っている。

「これだって立派な毒だ。使えば患者の意識は消失し、呼吸は止まる。そういう意味で、麻酔科医（私たち）は毒の専門家と言ってもいい」

俺はゆっくりと首を横に振った。

「……確かに全身麻酔で使う薬は容量を間違えれば毒だ。でも手術において、こういう危険薬物は手術室で使用量を管理されていて使いすぎはすぐにバレる。それに、人工呼吸器に繋がれた患者に呼吸を止める毒を盛ったところで意味がない。自発呼吸が止まっていても、人工呼吸器が無理やり肺を膨らませているんだから」

だから、と俺は続けた。

「手術中に術中死に見せかけて人を殺したいなら、もっと強力な毒を用意する必要がある。静脈注射すれば肺水腫が生じるとか、致死性の不整脈を誘導するとか、そういう類のな」

口には出さないものの、俺がループで見た光景はこの推測を裏付ける。コードブルーを鳴らし数多くの麻酔科医が対応にあたってもなお、遥の蘇生には成功しなかった。一般的な手術用薬剤の使いすぎ（オーバーユース）は頻度は高くないものの時々話を聞くし、経験豊富な麻酔科医なら何度か見たことがある人もいるはずだ。

　そういうベテランでも遥の急変には対応しきれなかったことを見るに、遥の死因が単なる薬の使いすぎではない可能性が高まる。

　潤さんは「で」と低い声を出す。

「具体的に何を使うのかな。まさか、そこまで言っておいてどんな毒かも分かってないとは言わないよな？」

　不気味な沈黙が満ちる。ややあって、

「——ああ。あんたが使う毒は分かってる」

　俺がそう言い放つと、一瞬、確かに潤さんの顔に動揺が走った。

　脳裏には一つの光景が広がっていた。前回のループ——俺が全ての真相を理解するきっかけとなった、遥の出棺の光景だ。

　すでに死体となった遥の顔を覗き込んだ時、俺はあることに気付いた。それは、

「……瞳孔だ」

「は？」

「瞳孔が、小さかった」

それが、湊遥の死体が俺に語りかけた、唯一にして決定的な証拠だった。

出棺にあたって遥の死体は眠るように目を閉じられていた。だが目蓋の隙間からはわずかに眼球が見えていた。その瞳孔を見て、遥の術中死の真相に気付いたのだ。

「お前、何を言っている？　何の話だ？」

神崎が剣呑(けんのん)な声で尋ねる。他の面々も大体同じような反応だった。だが、

「……ッ、志葉……！」

ただ一人。潤さんだけは、険しい表情で眉間にしわを寄せた。

一般的に人間の死体は、死後は括約筋が弛緩し瞳孔が散大する。だが遥の死体では瞳孔が点のように小さくなっていた。わずかな、しかし断じて見逃すことのできない所見だ。

では、死亡時に瞳孔が極端に小さくなる病態はどのようなものがあるか。

「俺が知る中に一つ、経口接種することで致死性の不整脈や肺水腫、そして極端な縮瞳を来たす毒がある」

「へえ。志葉が法医学に詳しいとは知らなかったよ。で、その毒ってのは？」

潤さんが馬鹿にしたように肩をすくめる。俺は言葉を投げつけるように、鋭く言っ

た。

「有機リン中毒だ」

「……有機リン、中毒……？」

朝比奈が考え込むようにつぶやいた。

「聞いたことはあるはずだぜ。なにせ、有機リンてのはその辺のホームセンターでも売ってるくらい身近なものだからな」

俺は潤さんに向き直る。

「有機リン中毒。つまり、農薬による毒殺だ」

「――――！」

潤さんが目を見開いた。

実は、これは医者よりも医学生の方がかえって詳しいかもしれない。なぜなら医師国家試験においては頻出項目であるにもかかわらず、現場に出ると有機リン中毒なんて症例はそうそう見ない。いつの間にか忘れていたという人間が大半だろう。だからこそ、これまでのループで遥の死亡現場にいたベテランの医者たちも気付くことができなかった。

「手術室にこっそり持ち込んで、胃管から悠々と患者に投与すれば――誰にもバレずに、患者を殺すことができる」

しかも、と俺は続けた。

「この有機リン中毒っていうのは、検査所見に特徴的なものがなく、疑ってかからない限りは診断するのは難しい。〝鑑別に挙がらない疾患は診断できない〟ってな」

「ふざけるな。そんなの、ただの想像だろ」

潤さんは明らかに余裕をなくした様子で、腕を振って反論した。尊敬する先輩が取り乱している様子を見て、胸の奥がずきりと痛む。だがその躊躇（ちゅうちょ）を踏み捨てて、俺は前に進む。

「あんたが患者を殺そうとしていないなら、一つ。身の潔白を証明する方法がある」

「……へえ」

「今すぐあんたの手術着から全ての道具を出してくれ」

俺は潤さんが着ている手術着に目を向けた。そのポケットは、マニュアルやペアン、シリンジなどでパンパンに膨れている。

「もし遥を殺そうとしているなら、持っているはずだ。農薬の詰まったシリンジを」

俺が潤さんの正体に気付いてもこうして遥の麻酔の導入を終えるギリギリのタイミングまで待ったのは、これが理由だった。手術前の手術室には数多くの人が出入りするが、いざ手術が始まったら麻酔科医は手術室から出ることができない。

　つまり、もし潤さんが手術中に遥を殺そうとするなら、それに必要な毒物はこの時点で部屋に持ち込んでいるはずなのだ。その隠し場所は、潤さんが普段から手術のための薬剤をセットしている手術着のポケット以外にありえない。

「手術用の薬しか持っていなくて毒がなければ、俺が言ったことは全部間違いだ。無実を完璧に立証できるだろう。……だから、潤さん。ポケットの中身を見せてくれ」

　俺がそう語りかけても、潤さんはしばらくの間微動だにしなかった。その整った目元は、手術室の磨き上げられた床を虚ろに見つめている。

　だが、突然潤さんは手術室の天井を見上げたかと思うと、深々とため息をついた。

「志葉。前に一緒に当直に入った時のこと、覚えてるかい」

「へ？」

　突然の話題に、俺は呆気（あっけ）にとられた。潤さんは構わず続ける。

「超緊急症例（ホットライン）で来た九十三歳女性の心肺停止症例（CPA）、いただろ」

「……覚えてます。でも、それがどうしましたか」

　俺は身構えながら問い返した。潤さんは目を細める。

「まだ、指導の途中だったことを思い出してね」

潤さんはゆっくりと一歩踏み出した。俺は思わず後ずさる。

「あのお婆さんを助けることが正しいかどうか——まだ、君の答えを聞いていなかったはずだ」

俺は目を見開いた。

あの時のことはよく覚えている。誤嚥性肺炎に認知症、脳梗塞と様々な疾患を経て、すでに意識はなくなりただ呼吸をし続けていたお婆さん。彼女の土気色になった顔や、必死に続けた心臓マッサージの感触は、忘れようもない。

「聞かせてくれよ、志葉。もう手足も動かせず、意識もなく、自分の意思を伝えることもできなくなった高齢者に膨大な金と手間をかけて、せいぜい数日の延命を施すことは、本当に正しいのかな」

「なんで、急に、そんなことを言い出すんですか」

「後輩を教えるのは、指導医の役目だからね」

潤さんはふうと息を吐いた。手術室のモニターが機械的な音を立てている。

俺は何も言えなかった。黙り込んでしまった俺を見て、潤さんが苛立ったようにつま先で手術室の床を蹴る。

「答えられないか」

潤さんは吐き捨てた。

「そうやって、答えを出すことから逃げ続けるわけだ」

潤さんは鼻を鳴らし、ちらりと手術台に目を向けた。

俺の背筋が総毛立った。手術台の遥を見る潤さんは、憎しみすら感じるほどの強い視線を遥に向けていた。医者が患者を見る目ではなかった。

潤さんが俺にゆっくりと向き直る。

「志葉さ。私、何年も前から言いたかったことがあるんだけど」

「……はい」

「君の、何に対しても本気を出さずに逃げようとするところ、嫌いなんだ」

潤さんは悲しげに笑い、俺に向き直った。

「君は君が思っている以上に優秀だ。それを自覚せずにいる様は、見てて腹が立つ」

潤さんはゴソゴソと手術着のポケットを漁った。中からシリンジを一つ取り出し、俺に向けて放り投げる。中には薄い黄色の液体が詰められていた。

「受け取りなよ、志葉。お求めのものは、それだろ」

「……これは？」

「ピリミホスメチル、つまり有機リン殺虫剤さ。胃管から注入すると、色が胃液と似ているから混ざってもバレない」

その言葉を聞いて、ガタガタと自分の足が震え出すのを感じた。

「じゅ……潤さん、あんた……本当に」

「何をビビってんだよ、志葉。君が暴いたんだろ」

潤さんは手術室用の帽子とマスクをすっと取った。セミロングの髪をばさりと一度かき上げ、不敵に口元を歪める。手術室にいるスタッフたちを見回した後、潤さんは傲然と声を張り上げる。

「志葉先生が言った通りだ。私は今日、この手術で、湊遥を殺害するつもりだった」

神崎が信じられないといったようにうめく。

「……馬鹿な。なぜ……」

「理由、ですか」

潤さんは薄い笑みを浮かべた。

「私が医者だからですよ」

どういうことだ、と俺は眉をひそめる。医者だから患者を殺す？　意味不明だ。

潤さんは全身麻酔をかけられ眠る遥をちらりと見たあと、俺に向き直った。何もかもを諦めたような虚ろな目をしていた。俺は潤さんのそんな表情を初めて見た。

＊＊＊

　成部潤は父親と話した記憶がほとんどない。記憶の中の父は、いつも電話で誰かと話していた。

　——ヘパリンの流速はそれなら少し上げてください。ＲＳが出ちゃった子は隔離しないといけませんね。……そうですか、分かりました。今から行きます。

　父は小児科医だった。神奈川某所のそれなりに大きな病院だったが、小児科の常勤医は父を含めてわずか四人だったと聞いている。真夜中に家に帰ってきたかと思えば夜明け前に出勤し、土日すら家にはいられない。あまりに夜中にも電話がかかってくるものだから、家では父親は寝室を別にしていて、固定電話はその部屋にだけ置いていた。

　——なんで、お父さんはお休みがないの。

　母親にそう尋ねると、答えはいつも一緒だった。

　——お医者さんだからよ。

　子ども心に、大変な仕事なんだなあと思った記憶がある。小学校の同級生は週末は家族で遊びに行ったり、平日も夜ご飯は一緒に食べたりしている。潤にとっては想像もできないことだった。

小学校の授業で、将来の夢を発表することがあった。ちょうど保護者参観の日で、潤の母親も来ていた。

——将来は、お父さんみたいなお医者さんになりたいです。

ぼんやりとした憧れだった。たまたまテレビで人気若手俳優が主演する医療ドラマが流行していたから、そんな風に思っただけかもしれない。

家に帰って、潤はベッドで眠りについた。夜中にふと物音で目を覚ますと、リビングで両親が話しているのが目に入った。潤はそっと扉に顔を近づけ、聞き耳を立てた。

——あの子、お医者さんになりたいって。

——そうか。

しわくちゃになったワイシャツを着た父は、深くため息をついた。

なぜあの時の父は、あんなにやるせない表情をしていたのだろう。今でも時々考えることがある。答えは、出ない。

——はい。すみません。今後はなんとか……

週末のある日、潤が目を覚ますと父の声が聞こえてきた。今日はお父さん家にいるんだ、と潤は嬉しくなって、父の部屋へ向かった。

扉の隙間から中を覗き込む。こっそり部屋に入って驚かせてやろうと思ったのだ。だが、父は電話で誰かと話している最中だった。部屋の外にいる潤にも聞こえるほどの声量で、電話口の向こうで誰かが怒鳴っている。

——うちの病院も赤字を垂れ流してる科をいつまでも放っておくわけにはいかないんだ。ただでさえ小児科は点数取れないのに、無駄に設備ばかり金がかかる。

——申し訳ありません。

——成部先生、あんた、このままだったらうちの小児科は畳まなきゃいけなくなるよ。

——そこをなんとか。入院患者の回転も速くなっていますし、今後は善処して参りますので……

——そんなんじゃダメだよ。もっと薬いっぱい飲ませるとか外来で検査しまくるとかさ、儲かる治療をしないと。あといつまでも病棟にいる子どもはさっさとどこか別の病院に押しつけなきゃ。

——申し訳ありません。しかし小児科はどこも縮小傾向で、転院調整に難渋することも多くて。

——そんなのは知らんよ。そこをなんとかするのが君の仕事だ。

電話口の向こうで、男は吐き捨てた。

——ったく。本当に〝不採算部門〟だな、小児科は。

その後も電話は延々と続いた。壊れた人形のように電話に向かって頭を下げ続ける父の姿は、子どもから見ても情けなくて、哀れだった。

成部潤にとって、十歳の誕生日は忘れられないものだ。ほんの少しの懐かしさと、飲み下しきれないほどの苦々しさを、彼女は何度となく噛み締める。

その日は前々から潤の誕生日パーティーが企画されていた。大きなケーキと蠟燭を買い、リビングは風船と人形で飾り付けられた。

——お父さんは帰ってくるの？

母にそう質問すると、母親は困ったように首を傾げた。

——お仕事が終わったらね。

それが「あまり期待するなよ」という意味であることは、子どもの潤にもよく分かった。

夜の八時を過ぎた頃、玄関の鍵が回る音がした。潤は思わず走って玄関に向かう。汗まみれになった父親が、疲れた顔をして笑っていた。よほど焦って走ってきたのだろう、息が上がっている。

——潤の誕生日だからな。

父はそう言って、プレゼントと思しき紙袋をちらりと見せてきた。潤の後ろでは、母が嬉しそうに声を上げた。

——今日は早かったのね。

——まあね。無理を言って、早めに上がらせてもらった。

その日はご馳走だった。普段家にいられないお詫びとばかり、潤の父はケーキを取り分けて、色んな話を聞いてくれた。こんなによく笑う人なんだ、と潤は驚いた。

——お父さんはなんでお医者さんになったの。

それは前々から訊きたかったことだった。子どもから見ても、父の働き方は常軌を逸している。辞めたくならないのだろうか、と思った。

——潤みたいに可愛い子どもが、病気で苦しんでいたら可哀想だろう？

父はそう言って、潤の頭に手を置いた。

——お医者さん、大変じゃないの。

——そりゃ大変さ。でも、お父さんが頑張らないと、患者さんの子どもたちはもっと大変なことになってしまう。

父はにかりと笑った。

——潤は優しいな。心配してくれてるんだな。でも大丈夫だ。お父さんはまだまだ頑張れる。

父の顔を潤は見上げた。かっこいいな、と聞こえないくらい小さな声でつぶやく。

医者になりたい、と思った。

これが成部潤の原点であり。

今に至るまで彼女を苛み続ける、呪いの始まりである。

誕生日パーティーから数日後。小学校から帰ると、家の周りに見覚えのない人が数人立っていた。潤は怪訝に思った。横を通り抜けて家に入ろうとすると、スーツ姿の男女が話しかけてきた。

——君、この家のお子さん？

——はい。そうです。

——お父さんのことについて、少しインタビューしてもいいかな。

父のことでインタビュー？　どういうことだろう、と潤はぽかんとする。だがその時、家の扉が勢いよく開いたかと思うと、血相を変えた母親が飛び出してきた。母は潤の手をぐいと引いた。

——うちの子どもに近づかないでください。

——待ってくださいよ、奥さん。ご主人のことで、聞きたいことが。

——お答えできることはありません。

逃げるように潤と母親は家に駆け込む。家に入るやいなや玄関に鍵を閉め、念入りにチェーンもかける母親。そのまま、母は崩れるようにその場にしゃがみ込んだ。

——お母さん。お父さん、何かあったの。

母は答えなかった。

その時、ふと潤はリビングで付けっ放しになっているテレビに目をやった。何かのニュースをやっている。

——神奈川の県立大和村山病院小児科で、入院患者が死亡する事件が起きました。亡くなったのはまだ六歳の子どもでした。

パッとテレビ画面がどこかの風景を映す。潤にも見覚えがあった。父の職場である病院だ。

――警察は医療過誤の可能性があるとして捜査を進めています。現在、小児科の成部部長をはじめ、複数名の関係者に事情聴取を進めています。

テレビ画面が切り替わる直前、画面の端に映った白衣を着た男を見て、潤は息を呑む。

父はたくさんの警官に囲まれ、見たこともないほどに青ざめていた。

潤の誕生日だったあの日、父の小児科では一人の患者が緊急入院になっていた。容態は安定していると判断した父は、普段より早い時間ではあったものの仕事を切り上げて帰宅した。

だが夜中に当患者は急変、心肺停止に陥った。当直医は普段は内科に勤務する医師で、小児患者の経験はほとんどない人物だった。そのまま患者は死亡した。

もともと基礎疾患のある患者で、急変の可能性は高かった。患者は病院側の当直体制の不備だとして、訴訟も辞さない勢いだった。

最初は父をかばい裁判で争う考えだった病院は、ある瞬間から突然掌を返して体制の不備を認めるようになった。今後はこのようなことが二度と起きないよう、小児科部門は解体し当該部署の担当医たちの責任は厳しく追及すると。

蜥蜴の尻尾切りは、誰が見ても明らかだった。

——お父さん。

——……ん？　ああ。

——大丈夫？

——……ああ。パパは大丈夫だ。

父は日に日に痩せていった。明らかに口数が少なくなり、家に帰っても自室に籠もって出てこなかった。テレビの報道から、父が患者遺族から裁判を起こされたことを知った。

——子どもは体が弱く、いつも誰かが見ていなくてはいけない状況でした。それを分かっていて、あの医者たちは放っておいたんです。許せません。

記者会見で、死んだ子どもの母親はそう言って涙を拭った。雑誌もワイドショーも、その様子をセンセーショナルに報道して病院や父を非難した。週刊誌には見たこともないような人相の悪い写り方をした父の写真が掲載された。

潤の家の周囲はいつもマスコミが張っているようになった。母と外で待ち合わせ、押し寄せる報道関係者をかき分けて家の中に駆け込む日々が続いた。

——成部さん、止まってください。質問に答えてください。

——ご主人が職務放棄していたとのことですが、どう思いますか。

——お医者さんはさぞや羽振りが良かったんでしょうなあ。

——いたいけな子どもの親から巻き上げた金で高給もらえるとは、やっぱりいい仕事ですなあ。

そんな、ほぼ悪口でしかない質問が飛び交った。

——成部さん。あんた、恥ずかしくないんですか。

玄関の扉に手をかけると、どこかの雑誌記者が叫んだ。

——あんたの旦那は、子どもを殺したんですよ。

その瞬間、母が鬼のような形相で後ろを振り返った。だが結局何も言わず、母は扉を閉めた。

——お母さん。

——何?

——お父さん、悪いことしたの?

——分からないわ。お母さんにも、分からないのよ。

潤は納得がいかないまま、母に尋ねた。

——お父さん、いっつも働いてたよ。あんなに頑張って病院にいたのに、どうして職務放棄なんて言われるの？

母は答えなかった。潤は続けて尋ねた。

——私の誕生日のために早く家に帰ってきたから、だから……お父さんの患者、死んじゃったの？

母がはっとした顔で潤に向き直った。

——違う。違うのよ、潤。……

母は泣きながら何度もそう繰り返した。潤はただ、泣きじゃくる母親を見ることしかできなかった。

父は病院から暇を出されたようだった。時々どこかに出かける以外は自室に閉じこもり、潤とすらも会話を交わさない日々が続いた。

——お父さん。ご飯、置いておくよ。

潤はトレイに載った食事を父の部屋の前に置いた。最初は最低限の食事は食べていたが、最近まったく手をつけないことも多くなっていた。

——お父さん。

返事はない。潤は続けて呼びかけた。

――お父さんは悪くないと思う。患者さんが死んじゃったのは、可哀想だけど……。

やはり、返事はない。潤は父の部屋の扉に耳をつけ、変だなと思った。ぴちゃぴちゃと、何かが滴るような音が聞こえるのだ。

――お父さん。何してるの？

無言だけが、返ってくる。潤は少し大きめの声で言った。

――入るよ。

せめて顔を見たいと思った。あの少し抜けていて、いつも笑っていて優しかった父の顔を、もう一度目に映したかった。

ドアノブを回し、潤は一歩踏み出す。

部屋の中は真っ暗で、よく見えない。潤は声を上げた。

――お父さん？

天井から何かがぶら下がっている。その下には水溜まりのようなものができていた。

耐え難い悪臭が漂っていた。

潤は視線を上げた。暗闇に目が慣れてくるにつれ、ぶら下がっているものがなんなのかが分かってきた。

両腕がだらりと下がっている。顔は鬱血のために腫脹して紫色に腫れ上がっていた。天井から吊るされたロープは父の首へと蛇のようにぎっちり巻きついていて、とびきり趣味の悪い照る照る坊主を思わせた。ぎょろりと見開かれた目は、赤黒く充血して虚空をにらんでいる。まるでこの世への憎悪を叫ぶように。

父――小児科医成部孝仁は、縊頸して死んでいた。

なぜ父は死ななくてはいけなかったのか。成部潤の人生には常に、この疑問が付きまとっていた。

父は決して仕事を放り出したわけではない。きちんと昼間にやるべきことをやり、それでも夜に運悪く患者が急変してしまっただけだ。それを悪いことと言うなら、医者にはただの一瞬たりと休息が許されないことになる。

医者は、子どもの誕生日を祝うことすら許されないのか。それはもはや、人権の喪失ではないのか。

（ああ、そうか）

医師免許を取った瞬間に、その者は人ではなくなる。医療の奴隷になる。

そういうことなのだろう。

医学部を受けたい、と言った時、潤の母親は当たり前のことだが強く反対した。父のような人生を送ってほしくない、あの人は医者になるべきではなかった、あなたは他の道を探してくれ——涙ながらにそう訴えられた。

しかしそれでも潤は医師になる道を選んだ。

（ここで私が医者を否定したら……誰も、お父さんを認めてあげる人がいなくなる）

遺族に憎まれ、病院に切り捨てられ、世間に嘲笑われ、妻にすら医者になるべきではなかったと言われた、哀れな父親。せめて潤だけは彼の人生を認めなくては、誰も彼の葛藤に報いる者がいなくなってしまう。

大学には難なく受かった。学生時代、遊び呆ける同級生を尻目に潤は勉強に打ち込んだ。

医者とはなんなのか。

その答えを、見出さなくてはいけなかった。

だが医者になった成部潤を待っていたのは、想像を上回る——いや、下回る現実だった。

最初に担当したのは枯れ木のように痩せ細った老婆だった。数年前に敗血症になって心肺停止したためすでに植物状態となっており、病棟の片隅でただ呼吸し続けていた。家族は時々見舞いに来ては「もう楽にしてやってくれ」と懇願してきたが、医者は機械的に「安楽死は法律で禁じられているから」と答えるだけだった。

次は末期の関節リウマチで全身の関節が破壊された男だった。国からの給付金で生活しており、ことあるごとに医師や看護師を高圧的に恫喝した。一度潤は回診で顔を強かに叩かれた。

とある病棟では、全く病勢を抑えられていないのに患者に抗癌剤を継続した。その方が儲かるからね、と上級医がぽつりと漏らした。

別の病院では全身状態が不良でどう考えても手術には耐えられそうにない老人に手術を受けさせ、保険点数を荒稼ぎしていた。老人は手術後、誤嚥性肺炎になって退院することなく死んだ。

（なんだ、これは）

患者は医療者を道具か何かとしか思っていない。薬を出せと騒ぎ、気に入らない看護師を追い払い、外来で医者に唾を吐く。彼らが丁寧に応対するのは主治医である年配の医者だけで、若手の医者や看護師に対する態度はひどいものだった。

医者は医者で、患者を治したいと本気で考えている者はほんの一握りだ。訴訟を起こされないようにヘラヘラと患者にへつらい、辛くて大変な診療科を避けて楽で儲かる道を血眼で探し、介護施設では行き場のない老人を押し付け合う。

行政は医療の破綻にさらに拍車をかけていた。高額な薬剤を次々に保険収載し、老人の寿命を一秒延ばすために莫大な国税が投入される。地方の病院から次々に医師が逃げ出し、全く医者がいない地域が散在するようになっても見て見ぬふりをする。無給医が借金をしてまで働いているのを考えないどころか、もっと医者を減らせと現場に無理を要求する。

これが、こんなものが、医療の現実なのか。愕然とする潤の胸の内に、やり場のない思いが溜まっていく。

誰も患者を診たくない。白衣を着た世のため人のために尽くす格好いい医者なんてどこにもいない、みんな金儲けと虚栄心で働いているだけだ。

でも、それなら、

「なんで、お父さんは死ななければいけなかったんだろうな」

＊＊＊

潤さんの問いに答えられる者は、いなかった。

彼女が母子家庭だというのは大学でも時々耳にしたが、その理由については知る人はいなかった。あるいは、知っていても口にできなかったのかもしれないが。

医療訴訟は俺たちが最も恐れる言葉の一つだ。潤さんの父親がその当事者で、しかも自死を選んでいたとは。

——なんで、お父さんは死ななければいけなかったんだろうな。

潤さんの言葉が、耳の奥で何度も反響する。

「医者が人の命を預かる尊い職業だって、そういう言葉を聞くたびに吐き気がする。金をもらえるからってもっともらしい顔して他人の体をいじくり回してる異常者の集まりだ、医者なんて」

潤さんは吐き捨てた。

「大嫌いだ。医師免許を持ってるからって自分が他人よりも優れていると思っている奴も、先生って呼ばれていい気になってるバカ医者も、医療従事者が不眠不休で働いているのを知ってなお薬を出せだの診察を早くしろだの我が儘を通そうとして虫以下の扱いしかしない患者も、これだけ医療の現場が悲惨な状態なのに知らない顔をしている日本という国も、反吐が出る」

潤さんはぎろりと俺たちをにらんだ。俺は思わず後ずさった。

「この国の医療は破綻しつつある。誰もが薄々それに気付いているのに、誰も動こうとしない。弱者を切り捨てることはできないと綺麗事を言って、その結果全員が泥舟に乗って溺れようとしている」

潤さんの言葉は刃のようだった。部屋の中にいる誰もが、彼女の迫力を前に一歩も動けなくなっていた。

「人を生かすために、人を殺さなくてはいけない時代——医療崩壊の日が来る」

俺はごくりと唾を飲んだ。

医療崩壊。それは、何年も前から囁かれるようになった言葉だ。高齢社会や医療高額化の進行を受けて加速度的に膨張する医療費、医師の不足と偏在。

「限界なんだよ。医師は聖職だ奉仕職だと祭り上げて、馬鹿な若者たちの自尊心をくすぐって昼も夜も働かせるやり方じゃもう保たない。医者はただの人間だということを、全ての国民に知らしめなくてはいけない」

潤さんはゆっくりと首を振った。

「医者は英雄でも神様でもない」

潤さんは一歩踏み出した。

「私は違う。本物の医者になる。医療崩壊に目を背けて自分の金儲けしか考えていない連中には混ざらない。切り捨てるべきものは迷いなく切り捨てる。そうでないと——お父さんは報われない」

「……それは、つまり」

俺はカラカラの喉から質問を絞り出した。潤さんは頷く。

「そうだよ、志葉。間引きが必要だ。私たちは患者の選別をしなくてはいけない」

まさか、と朝比奈は震える声を出す。

「最近、周術期の患者死亡が多いって話……成部さん、あなたが」

潤さんはふっと口の端を持ち上げた。俺の背筋が凍る。

俺が信頼していた大学の先輩は、紛れもない連続殺人犯(シリアル・キラー)だった。

神崎が怒声を上げる。

「国民皆保険は日本が世界に誇る社会保障制度だ。誰もが平等に治療を受けられる、というのは日本の医療の根幹だ」

「くだらないな。その制度を維持する金も人手もないのに、あんたみたいな人間が根性論で蓋をしようとする。次世代に借金を残して、自分だけはしゃあしゃあと現役を退くんだ。今の日本の惨状は、あんたのように勝手な医者が積み上げた負の遺産に他ならない」

志葉、と潤さんが俺に向き直る。

「君だって思うことはあるだろ。『こんな奴を治療する意味が本当にあるのか？』って」

どくん、と心臓が跳ねた。

以前、救急外来で俺を殴った男を思い出した。父親を入院させろと俺たちを恫喝した挙句、聞き入れられないと分かると激昂（げきこう）して暴力を振るってきた中年男性だ。俺たちには診療する義務があるが、もしあそこで、「勝手なことばっか言うな、付き合いきれない。さっさと帰れ」と言って診察室の戸を閉められたら、どれほど気が楽になるだろう。

次に、俺は潤さんと一緒に救命活動に当たった高齢の老婆を思い出した。すでに認知症も進み自我はなくなり、手足は枯れ木のように痩せ細っているのに、家族が頑として死ぬことを受け入れられなかったお婆さん。

もう楽にしてあげよう、と俺たちの一存で処置を中止することができたら。肋骨を折りまくる心臓マッサージや喉にチューブを無理やり突っ込む挿管行為を終了できたら、それこそが一番あの人のためになったのではないか。

それに、あの老婆にほぼ見込みのない蘇生処置を行う裏で、俺たちは四十歳の心筋梗塞疑いの男性の救急要請を断っている。結局若くして亡くなってしまった。もし俺たちがあの老婆の処置をさっさと中断し、そちらの救命に移れていたら、救えたかもしれない。

（でも、それは……）

命に優劣をつけるということだ。四十歳の命には九十三歳よりも価値があると断ずることだ。そんな傲慢が、許されていいのか。

けれど、そうは言っても医療資源は有限だ。実際問題として、俺たちはどちらかを選ばなくてはいけない。守るべきものを守らなくてはいけない。その過程で、誰かの命を見捨てることになっても。

全ての命を救うことはできない以上、優先順位は必要になる。それはもう善悪の問題ではなく、事実でしかないのだ。

すっ、と潤さんの細い指が遥を指差す。

「高安動脈炎はいったん治っても再発する可能性が高い。しかも治療に使う薬は高額な生物学的製剤だ。この子は生きている限り、高い治療を続けて日本の財政を圧迫し続ける。この子にかける人手と金で、もっとたくさんの人を救える」

「……だから、遥は死ぬべきだってことですか」

「その通りだ」

潤さんは悪びれずに頷いた。その曇りのない目には、揺るがない自信が満ちていた。

その瞬間、ふっと辺りの音が消え失せた。周囲から孤絶した世界で、俺は一人、思考の海に潜る。

(……潤さんが、正しいのか?)

医学は人の命を救うために発展してきた。だが同時に、他のものを置き去りにしすぎた。

薬は金がなければ使えない。医者は全ての人を治療できない。当たり前のことだ。

その当たり前を、今まで誰も直視してこなかった。きっと怖かったのだろう。

「あなたの治療は優先順位が低いのでできません。諦めて余生を有意義に過ごしてください」――。死の恐怖に怯える患者の前で、誰がそう言えるだろうか。

だがいい加減に向き合わなくてはいけない。人を生かすために人を殺す覚悟をしなくてはいけない。さもなければ、助けられるはずの人すら助けられなくなる。潤さんが言っているのは、そういうことだ。

正論だ。反論の余地もない。どんなに理想論を言ってみたところで、無い袖は振れないのだから。

(なら……遥を切り捨てるのか)

俺の脳裏に遥の顔が浮かんだ。毎度毎度回診のたびに聴診はセクハラだ採血は痛い手術は怖い、文句ばかり言っていた少女。若くして病魔に命を蝕(むしば)まれた可哀想な女の子。

錯綜(さくそう)する光景。その中で、かつての自分の言葉が聞こえた。

約束するよ。俺は、お前を助ける。

「────────」

出棺を思い出す。遥の棺桶の横で泣き崩れる両親の姿が目に浮かぶ。

潤さんが言っているのは、あの光景を受け入れろ、ということだ。仕方のないことと切り捨てろ、ということだ。

(できない)

あの嘆きを、あの慟哭を、見過ごすことはできない。

それはもう、正しいとか正しくないとか、善いとか悪いとか、そういう次元の話ではなくて。

どうしても、できないのだ。

高安動脈炎は原因不明の難病だ。どんなに良い生活をしていても、どれだけ正しく生きていても、「なる時はなる」としか言いようがない。そこに理由はない。

どれほど不安だったのだろうか。辛かったのだろうか。自分の運命を呪ったり、怒りを覚えたりしたかもしれない。

俺は医者だ。俺が横に立って、「君は悪くない」と言ってあげなければ、誰が遥に寄り添うというのか。

「……俺は」

震える声で、俺は言った。

「この子は、死なせない」

朝比奈や神崎が息を呑むのが分かった。

（……遥）

繰り返すループの中で、俺は遥に色々と無茶な注文をした。熱が出たと嘘をつかせて手術を延期させようとしたり、事情もろくに説明せず大学病院に連れて行こうとしたりした。

だが遥は、そんな俺の言うことをいつも聞いた。

つまるところ、俺はそれほどに、湊遥に信頼されている。

俺は遥を守るように潤さんの前に立ち塞がった。明確な拒絶を、湊遥は死なせないと意志を示す。

「……その程度か。残念だよ」

潤さんの目が細まった。塵を見るような目だった。

「さあ、警察でもなんでも呼びなよ。私は逃げない」

潤さんが両手を掲げた。舞台に立つように。

「今日これから、君たちはこの患者を手術するんだろう。きっと手術は成功する。君たちは命を救ったと喜び、旨い酒でも飲むんだろう。でもな、覚えておきなよ。君たちのその自己満足が未来へと負債を押し付け、そして、社会を滅ぼすんだ」

手術室中に響き渡る大声で、潤さんが笑った。

「ツケを払うのは、君たちの子どもだ」

成部潤は高らかに言った。騒ぎを聞きつけた他のスタッフが手術室に押し寄せ、警察が到着してもなお、潤さんは笑い続けた。

潤さんが手術室を去ったあと、ほどなく遥の手術は再開された。なにせすでに遥は挿管され人工呼吸器に繋がれており、全身麻酔による鎮静下にある。急遽新しい麻酔科医を潤さんの代役として立て、手術の続行が選択された。

潤さんのことが気にならないと言えば嘘になる。あんな風になってしまったとはいえ、世話になった先輩なのだ。新歓コンパで飲みすぎて介抱してもらったことや、部活を引退する潤さんにみんなで色紙を渡したことを思い出す。もっと他のやり方もあったのではないか、と考えずにはいられない。

だが、振り捨てる。今の俺にとって、そんな想像は雑念でしかない。

（……ここからだ……！）

今回の手術はこれまでのループとは決定的に違う。成部潤による湊遥の殺害が阻止された今、遥が死ぬか生きるかはひとえに手術の成否にかかっている。

術野に入っている医者は三人。執刀医である神崎、助手である俺と朝比奈だ。研修医二人が助手に入ると知った時、器械出しの看護師や代打の麻酔科医の顔が曇ったのが分かった。それも当然の話で、医師免許をとって半年の研修医なんて素人に毛が生えたようなものでしかない。

だが手術が始まってものの数分で、その顔が驚愕に変わった。

この冠動脈バイパス術（CABG）という手術においてはグラフト——病変末梢側への血流を担う代替血管の選択と採取が序盤の肝である。いかにグラフトとなる動脈を傷つけず、それでいて余計なものは除いておくかが術後の血流再開、ひいては患者の予後に直結する。

初めて手術を見た時は、そもそもグラフトとなる血管がどれだか分からなかった。二回目は鑷子で引っ張りすぎてしまい出血した。三回目も四回目も、そのさらに後も失敗した。

だがその失敗が俺の中に経験を残した。今の俺は湊遥の心臓の表面を取り巻く血管や、そこから全身へと張り巡らされた動静脈の位置が鮮明に思い描ける。どんな臓器の感触が指先に伝わってくる中でどんな風に結合組織をかき分け、どうやって目的となる血管を剝離して最高のグラフトに仕上げればいいか、体が覚えている。

「志葉」

「なんですか。神崎先生」

「……お前、手術をどこで覚えた」

神崎の疑問に俺は答えなかった。ただ無言で筋鈎と鑷子を動かし、神崎の手術をアシストし続ける。

俺より手術が上手い外科医なんてそこら中にいるだろう。だが、この手術、ここで神崎威臣の助手を務めることに関しては、俺は誰にも負けない自信があった。

なにせ、俺はこの手術を何百回も繰り返してきたのだから。

ほどなくグラフトの採取に成功した。続いてグラフトの接続先である左冠動脈の剝離に移る。スタビライザーで心臓を固定し、血管を丁寧に露出していく。

俺の横で慣れない手つきで手を動かしていた朝比奈が、ぽつりと言った。

「あの……神崎先生」

「なんだ」

「成部先生の言っていたことは、正しいんでしょうか」

ちらりと横目で朝比奈を見る。朝比奈はマスク越しでも分かるほど、険しく顔を歪めていた。

「私、お医者さんになれば人のためになれると思ってたんです。でも私たちのやってることは自己満足に過ぎなくて、未来の医療崩壊に繫がっているとしたら……」

「無駄口を叩くな。手術に集中しろ」

神崎がぴしゃりと言った。朝比奈はびくりと肩を震わせる。

朝比奈は明らかに動揺していた。潤さんと朝比奈は仲が良かったから、無理からぬことではある。だが手先がこうも震えていては、大事な血管を傷つけてしまいかねない。大丈夫なのかこいつと俺がやきもきしていると、

「――あっ！」

悲鳴は朝比奈のものだった。術野の近くに置きっぱなしだった電気メスをどけようとしたのだろうが、手元が狂ったのかその根元のコードに指先を引っ掛けてしまった。

メスが鞭のようにしなって宙を舞う。

バチィ、と破裂音が響く。俺は思わず叫んだ。

「神崎先生！」

神崎は右手を押さえて一歩後ろへ下がった。電気メスの先端は神崎の手袋に直撃し、右手人差し指の付け根辺りを焼き焦がしていた。何かに当たってスイッチが押された状態で神崎の手に触れてしまったのだろう。

それだけではない。血が滴っているところを見ると、手袋の中の肉まで焼けている。

神崎の顔が苦悶に歪んでいた。

「あ、ああ……ご、ごめんなさい！」

朝比奈が真っ青な顔で神崎に顔を向ける。

神崎は手術室が震えるほどの声量で怒声を上げた。

「術野から目を離すな！」

朝比奈が目を見開く。神崎は荒い息をつきながら言った。

「こんなものはただの火傷だ。どうということはない」

「でも先生、その手では……」

看護師が口を挟む。その通りだ、と俺は唇を噛む。

火傷自体は今すぐ手当てをすれば大事にはならずに済むだろう。だが術者である神崎がこのタイミングで手術を抜けてしまうと、誰が後を引き継げばいいというのか。

器械出しの看護師が早口でまくし立てる。

「神崎先生、早く冷やしに行ってください！　心外で手術ができる先生は——」

「……無理だな。副部長は別の手術に入っている。手が空くまでにはあと三時間は要る」

「じゃあ、先生に傷の処置が終わったら戻ってきてもらうしかないですよ」

「それも厳しい。グラフトの血管は体外に置いておく時間が長いほど劣化するし、ヘパリンを投与し続けることも出血量の観点から避けたい。時間をかければかけるほど、患者の予後は悪化する」

「じゃあどうするんですか⁉ 他に医者はいないんですよ！」

看護師が半分キレて叫んだ。神崎は一瞬だけ考えるように目を閉じて顔を伏せたあと、ゆっくりと顔を上げた。

「医者なら、いるだろうが」

神崎の顔が、俺へと向く。ぎょろりと大きな眼球が、志葉一樹を見据える。

「志葉」

「……え、あ、はい」

俺はごくりと唾を飲んだ。神崎が何か、とんでもないことを言おうとしているような気がしたからだ。

「この後の手順を言ってみろ」

「……左冠動脈前下行枝の吻合部を剝離します。一時的に冠動脈を遮断、吻合口を作成ののち、先ほど用意したグラフトを接続します。遮断を解除し血流を確認できたら、閉創です」

「良し」

俺と神崎のやりとりを見て不穏なものを感じ取ったのだろう。看護師や麻酔科医までもが、慌てた口調で口を挟んでくる。

「待ってくださいよ、神崎先生まさか」

「大問題になりますよ、何考えてるんですか」

どこ吹く風とばかり、神崎はじっと俺を見据えている。

「志葉」

「……は、はい」

「お前がどこでそれほどの技術を身につけたのかは知らん。お前が昨日とは別人のような面構えになっていることも、なぜ成部の凶行に気付けたのかも、この際どうでもいい」

神崎は術野に目を戻した。いまだ拍動を続ける湊遥の心臓が、そこにある。

「助けたいか」

その質問は、俺が俺自身に、何度となく問い続けたことだった。

俺は本当に、湊遥を助けたいのか。こんなわけの分からないループに巻き込まれて、それでも。

答えはもう、出ている。

「はい」

俺は頷いた。応じるように神崎も首肯する。

「術者は、お前だ」

神崎は手術着を翻して手術室の出入り口に足を向けた。

「すぐに戻る。ここからは術者を志葉一樹先生に交代する。文句は後で受け付ける」

神崎は手術室を去った。その直後、部屋中の視線が俺に集まるのを感じた。体が燃えるように熱くなる。どくどくと鼓動が速くなる。

（……俺が、執刀？）

嘘だろと笑い飛ばしたくなるような話だ。研修医が冠動脈バイパス術(CABG)の術者をやるなんて聞いたこともない。

できるわけがない。あんなのは神崎の無茶振りだ。大人しく神崎が帰ってくるのを待て。

ここで失敗したとして、もう一度やり直せるとは限らない。確かに俺は気が遠くなるほどのループを繰り返したが、次も同じように過去に戻れる保証はない。もしこれが最後だった場合、神崎の代わりに手術をして遥を死なせてしまったら、俺がこの手でとどめを刺してしまうことになる。あまりにも救いのない結末だ。

（無理だ。無理に決まってる）

俺は平凡で、臆病な人間だ。意志が弱くて、いつも楽な方にばかり流されている。

そんな俺が、誰かの命を預かっていいのか。運命を背負っていいのか。

手が抑えようもなく震え出す。指先が冷えて、感覚がなくなっていく。だがその時、ふと、かつて聞いた言葉を思い出した。

――約束、信じてるから。

雨の降る街で、俺を見上げて遥はそう言ったのだ。

その瞬間。

手の震えが、止まった。

俺の体がゆっくりと動いた。神崎の立っていた場所――執刀医の位置に、足を置く。神崎が残していった持針器と鑷子を、俺は手に取った。

「朝比奈」

朝比奈は返事をしない。真っ青な顔で震えている。俺は怒声を上げた。

「朝比奈！」

朝比奈がびくりと肩を震わせる。俺はゆっくりと語りかけた。

「まだ手術は終わってない。反省するのは後でもできるだろ」

「で、でも……。神崎先生がいないのに、手術なんて」

「俺とお前がいるだろ」

俺は手元の術野に視線を落とした。真っ二つに割り開かれた胸骨を、強く拍動する心臓を、この目に映す。

「――志葉。あんた、本気で」

「持ち場に戻れ。……手術を再開する」

朝比奈が息を呑む。彼女は小さく頷き術野に手を戻した。

俺の最後の戦いが、始まった。

外科医の技術というものは座学で身につくものではない。もちろん解剖学や生理学に精通していることが手術への理解を深めることは疑いないが、それはあくまで前提でしかない。どの組織をどんな風に切ればいいか、結紮（けっさつ）はどうやってどれくらいの強さで結べばいいか、なんてことは手術の現場で体で覚えるしかない。

必然的に、外科医の技量は経験に比例することになる。野戦病院で叩き上げられた三流医大卒の若手が、名門大学を卒業したベテランを凌駕（りょうが）しうる。

遥の死とそれに伴うループは、俺の中に膨大な手術の経験を残した。

二百五十八回。

それが、俺が遥の死を目の当たりにして繰り返したループの回数だ。俺はそれだけの数の手術に臨み、失敗し続けてきた。

あくまで俺ができるのは冠動脈バイパス術（CABG）だけだ。他の手術は見たこともないし、ろくすっぽ手順も覚えていない。研修医として標準的な、いや並以下のレベルだろう。

だが、この手術。湊遥に対する冠動脈バイパス術（CABG）に対しては、俺は誰よりも熟知している。なにせ遥の心臓を俺は何度となく握りしめ、その感触を確かめてきている。

手の中で跳ねる心臓の弾力を、グラフト血管を吻合する8-0（ハチゼロ）モノフィラメント縫合糸（コロレーヌ）の滑らかさを、この掌（て）が覚えている。

——医者は英雄でも神様でもない。

ふと、潤さんの言葉が脳裏によぎった。その通りだと思った。

医者はただの人間だ。生き物の生死をどうこうしようなんて、そもそも傲慢なのかもしれない。

また、遥を死なせてしまうかもしれない。そう思うだけで目の焦点が定まらなくなり、胃酸が喉元までこみ上げてくる。

(それでも)

歯を食いしばる。恐怖で叫び出しそうな体を、無理やりに動かし続ける。

俺は英雄でも神様でもない。

ただの研修医だ。大して志もなく医学部に入り、つまらなくて仕方ない医学の勉強を嫌々こなして医師免許を取り、初期研修が終わったら早々に現場から逃げ出そうと思っている。そんな、どこにでもいるアホ医者の一人に過ぎない。

それでも、湊遥を救う。

脳裏を占めるのは、ただその一心だけだった。

＊＊＊

それはありえない光景だった。

外科医の技術とは数十年という時間をかけて涵養(かんよう)されるものである。上級医から罵声混じりの教えを受け、何度も失敗しては修正することを繰り返し、寝食を忘れて手術に明け暮れてようやく、外科医は一人前になる。

志葉一樹という研修医に対する視線が、冷ややかを通り越して軽蔑に近かったのも当然のことだ。研修医風情が執刀を行うなど、先達である数々の外科医たちへの冒瀆である。

器械出しの看護師や麻酔科医をはじめ手術室スタッフたちは皆そのように考えてい

たし、志葉一樹がメスを持つ姿に露骨に失笑する者すらいた。

だが、その空気はすぐに変わった。冷笑は戸惑いに、そして驚愕に変わった。

神崎のような、目が覚める手捌きを見せるわけではない。看護師に指示を出す声は聞いている方が不安になるほどに震え、引きつった顔は今にも倒れそうなほどに青ざめている。

これが虫垂炎や鼠径(そけい)ヘルニアといった、比較的簡単な手術だというならまだ研修医が執刀するのも分かる。だがこの手術は冠動脈バイパス術(CABG)、心臓外科領域でも最も難易度の高い手術の一つだ。

この研修医は、誰が見ても術者として不適当だ。今すぐ代役を立てた方がいい。

なのになぜ、剥離した血管には見事な切り口で尖刃刀が入り吻合部を形成できるのか。針先に絵を描くような細かさで冠動脈と内胸動脈を縫合できているのか。スタッフたちが動くより早く、次の操作へと向かっているのか。

まるで、一歩も二歩も先を見据えているように。

なぜ研修医の手術に、こうも魅せられているのか――。

＊＊＊

俺の頭の中はミキサーをかけたようにぐちゃぐちゃだった。今自分が行っている操作にどういう意味があるのか、何に気をつけなくてはいけないのか。散々勉強したはずの事柄は頭から抜け落ち、まとまりのない思考が濁流のように頭の中を巡る。

それでも手は動いた。何かに導かれるように、手術は少しずつ前に進んでいった。

だが突然、手術室にアラームが鳴り響いた。俺はびくりと肩を震わせる。横を向くと、患者の血圧が下がり始めていた。抵抗するように心拍数が上がっている。

術野に血が溜まっている。何度吸引しても、次から次へと血が噴き出してくる。

（ヤバい、ヤバい、ヤバい……！）

どうしよう。出血源が同定できない。止血できなければ術野を確保できない。

総出血量はいくつだ？　バイタルが崩れ始めたということは、もう後がないのか？

モニターに目が釘付けになる。斜面をなだれ落ちるように下がり続ける血圧から目が離せなくなる。目の前が真っ白になってチカチカ瞬く。だが、

「何をぼうっとしている」

その一声が、俺を現実に引き戻した。

「――神崎先生！」

神崎威臣はいつものように不機嫌そうな顔で手術台に戻ってきた。手術用のガウンとゴム手袋を身につけているところを見ると、再び手術に参加するつもりらしい。朝比奈が戸惑うように尋ねる。

「先生、手は――」

「応急処置はしてきた。助手くらいならできる」

神崎はそう言うが、傍目（はため）にも分かるほど右手の動きがぎこちない。俺たちの視線に気付いてか、神崎がぶっきらぼうに言う。

「俺の心配をする暇があるなら、手術のことを考えろ」

神崎は手術台を挟んで俺の向かい側に立った。術野を覗き込み、神崎が鼻を鳴らす。

「血だらけだな。止血が甘いからこういうことになる」

神崎が電気メス（バイポーラー）を手に取る。

「バイタルの管理は麻酔科に任せろ。お前がやるべきことは、ひたすらに手術を進めることしかない」

肉が焦げる臭いがわずかに鼻元に漂う。神崎が瞬き程度の時間だけ焼灼（しょうしゃく）操作を行うと、魔法のように出血が止まっていた。

「余計なことは考えるな」

神崎の言葉が、俺の耳朶を打つ。

俺はゆっくりと深呼吸をした。そののち、そっと耳を澄ましてみる。手術室のモニターの音、向かいに立つ神崎や朝比奈の息遣い。

「今は、お前に懸かっている」

俺はごくりと唾を飲んだ。

(そうだ。俺が、やるんだ)

何のためにここまで来た。数えきれないくらいに傷ついて、折れそうになって、運命を呪って、それでも、ここまで走ってきた。

ただ、この瞬間のために。

俺は強く持針器を握った。


嵐の中に立っている。

一歩進むごとに風が体を掬い上げ、足元が覚束なくなる。のたうち回り、もう限界だと叫ぶ体をねじ伏せて、足を前に出し続ける。

目や耳のみならず、全身から五感を通してあらゆる情報が流れ込んでくる。その大半がノイズだ。だから削り落とす。自分自身を一本のメスのように練磨していく。削(そ)いで、削いで、そして、矮小(わいしょう)な世界が残る。手術室の中、術野の中で俺の世界が完結する。

心臓の音が聞こえる。それが遥のものなのか、あるいは俺自身のものなのかは分からない。だが俺の目の前で、確かにまだ遥の心臓は強く脈打っている。

まだ止まっていない。

まだ、進める。

「ガッ……オアァ……ッ！」

疲労は限界をとっくの昔に過ぎている。ほんの一瞬でも気を抜けば、その瞬間に意識の手綱が手元からすっぽ抜けそうだ。

グラフトの冠動脈左前下行枝に対する吻合を続ける。砂漠の砂粒に絵を描くような細かさだった。こんな手術を考えた奴は頭がどうかしている。

ふとした瞬間に手が止まりそうになる。俺の一挙手一投足が湊遥の生殺与奪を握っていると思うと、叫び出しそうな恐怖がこみ上げてくる。

「まだだ……！　まだだ！」

それを、ねじ伏せる。手術を失敗する恐れも、潤さんへの哀惜も、脳裏をちらつく遥の面影すらも、今は捨て置く。

何度も繰り返してきた。何度も遥の死を目の前で見てきた。何度も遥を救おうとして、死なせてきた。

それでも挑む。何回でもやってやる。千回失敗したなら千一回目に挑むまでだ。この手が動く限り、俺は遥を治し続ける。

（――遥）

何度同じ時を繰り返しても、医者（俺）は患者（お前）を助け出す。

閉創を終える。最後の縫合を終えて糸を切った時、全身から力が抜けるのが分かった。俺は思わずその場にへたり込んだ。

手術が終了した時、手術室にはどこからともなく拍手が湧き起こった。

手術時間は四時間十四分だった。

四時間十四分。

冠動脈バイパス術（CABG）としては平凡だ。

だが俺にとって、それは一生にも匹敵するほどに長い時間だった。

手術が終了した時、モニターには遥のバイタルサインが表示されていた。

BT(体温)、36.7℃。BP(血圧)、106/64mmHg。HR(心拍数)、68bpm。SpO_2(動脈血酸素飽和度)、98%。

バイタル、安定。

遥の顔は桜色に息づいている。生者の顔だった。穏やかに眠っている。

手術は成功した。

＊＊＊

波の音が聞こえる。

湊遥は砂浜に一人、立っている。

見たこともない場所だった。白くてさらさらとした砂がどこまでも積もっている。

静かな場所だ。潮騒(しおさい)の音だけが聞こえている。

どれだけ辺りを見回しても、人の姿は見えない。遥は途方に暮れた。自分はどこへ向かって歩けばいいのだろう。

波打ち際に足を踏み入れると、足元でちゃぷちゃぷと水が跳ねた。冷たい水の感触が気持ちよかった。そのまま少しずつ水の中へと足を踏み入れていく。

膝まで水に浸かったところで、遥は改めて立ち止まった。

これからどうすればいいのだろう？　首を傾げる。

何か大事なことを忘れている気がする。それがなんなのか、どれほど頭を悩ませても分からない。

だんだん水が深くなってきた。腰のあたりまで水が届いている。このまま進んだら溺れて死ぬだろうな、と人ごとのように思った。

死ぬ、ってなんだろう。人は何をもって死ぬのだろう。深く考えたこともなかった疑問が、不思議と頭に引っかかった。

時々、病院が一つの大きな棺（ひつぎ）に思えることがあった。入院したばかりの頃はよく見舞いに来たクラスメートたちは、今となっては誰も来ない。それを責める気はしない。もしこれが自分ではなく他の誰かだったら、やはり遥も段々と病院から足が遠のいてしまうだろう。

ここで遥が死んだら、クラスメートたちは自分のことを思い出してくれるだろうか。悲しむ人はいるのだろうか。それとも、ああそんな奴もいたっけ、と肩をすくめるだけだろうか。

まあいいか。迷走する思考を打ち切り、再び足を前に出す。

その時、誰かの声が聞こえた。

若い男の声だった。優しい、聞いていると安心する声だ。

——遥。

声の持ち主が誰かを思い出す前に、遥の足は動き始めていた。声のした方に歩を進める。導かれるように。

波打ち際は、今は遠い。

目を覚ますと、見覚えのない天井が目に入った。

体を起こそうとするが、何か布のようなものでベッドに括り付けられていて動けない。やたらに口元や気道に違和感があると思ったら、口の中に変な管を入れられている。これがいわゆる人工呼吸器なのだろうか。おかげで寝返りを打つこともできない。

頭がぼうっとする。自分がこんな場所で何をしているのか、思い出すのにたっぷり時間が必要だった。

（……ああ。そうか。手術、終わったんだ。……）

目だけを動かして辺りを見てみると、そこは広い病室だった。遥が元々入っていた個室とは少し感じが違う。ベッドの周囲には変な線がいっぱい表示されたモニターや点滴の袋やらシリンジが並べられた機械やらが所狭しと置いてある。モニターには「集中治療室」とシールが貼ってあった。

　点滴の入った腕は重く、動かすのも一苦労だ。体中に重りがつけられたようだった。これも麻酔の影響なのだろうか。

（……眠い……）

　再び泥のような眠りに沈みそうになる。少しずつ落ちていく目蓋の向こう側に、ふと、見覚えのある顔が映った。

　病室の出入り口の向こう側には病棟の廊下やナースステーションが見えている。どうやら今は夜のようで、消灯されて人気はなかった。

ナースステーションの机に突っ伏して寝ている男がいた。髪はボサボサに跳ねて、無精髭が伸びている。よほど疲れているのか、よだれを垂らして白目を剥いている。

　志葉一樹が、そこにいた。

　手術してから何日経ったのか、遥には分からない。こうして目が覚めるまで、つきっきりで志葉はいてくれたのだろうか。きっとそうだろう。

　声を出せないことを、今ほどもどかしいと思ったことはなかった。伝えたい言葉を言えないことが、こんなに辛いものだとは。

普段なら恥ずかしくて言えないような気持ちを、今は素直に口にできそうだった。

（ありがとう。志葉先生……）

お調子者でいい加減でいつもヘラヘラ笑っていて。

けれど、自分を助けるために命がけで戦ってくれた人。

遥は満身の気合いを入れて右手を動かした。手のひらを胸の上に置く。テープやら何やらで傷が保護されている。その向こう側からは、確かな鼓動が伝わってきた。

＊＊＊

手術の後には予期せぬ合併症や、最悪の場合には再手術ということもある。俺は冷や冷やしながら遥の経過を見ていたが、結果的にそれは全くの杞憂だった。

傷は数日で綺麗にくっつき、リハビリも問題なく行われた。普段相手にする入院患者は年寄りが多いだけに、高校生の生命力には感嘆せざるを得なかった。

遥の退院の日、俺たち心臓血管外科のスタッフは総出で見送りに出た。何やら遥は病棟ナースからの人気者だったようで、高峰さんに至っては涙ぐんでいた。

病院の出口で、俺たちは遥を囲んで別れを告げる。タクシー乗り場は俺たち心臓血管外科のスタッフでごった返している。

患者用のパジャマではなく私服を着た遥は、恥ずかしそうにつんとそっぽを向いていた。ツンデレか。

「次の外来は来週だからな。すっぽかすなよ」

「分かってるよ。何回確認する気？」

俺の念押しに対して、遥はうんざりしたように首を振った。その横ではご両親が苦笑いしている。

ほどなくタクシーの順番が回ってきた。俺は遥に言った。

「行くのか」

「そりゃそうよ。退院するんだから」

「そりゃそうだな」

当たり前の話だが、一抹の寂しさがあるのも事実だ。俺はごまかすように肩をすくめた。

「いやァせいせいするぜ。これで採血のたびに文句を言うめんどくせえ患者が一人減るからな」

「バーカ」

ケラケラと遥は笑った。患者に対してなんて態度だと眉をひそめるナースもいたが、大多数の人たちは好意的に苦笑いで済ませてくれた。術後の遥の全身管理のため、集中治療室（ICU）に三日三晩泊まった甲斐があったというものだ。残業代出ないかな。出ないだろうな。

「退院したらどうするんだ。やりたいことは決まってるのか」

俺が尋ねると、

「何言ってんの？　決まってるじゃん」

遥は肩をすくめ、弾んだ声で、

「久々に学校に行って、同級生を驚かせてみたい。ずっと食べてみたかったパンケーキのお店に行きたいし、受験勉強だってするよ。他にもたっくさん、やりたいことはある。数えきれないくらい」

それに、と遥は続けた。

「恋愛だってしてみたい。私、最近好きな人ができたから」

「えっ、そうなの？」

寝耳に水の話で、俺は思わず目を丸くした。考えてみれば、遥は年頃だから好きな男の一人や二人いても変ではないが、なんだか複雑な気持ちになった。

いったいどこの馬の骨だろうと俺は首をひねる。ふと周囲を見回すと、なぜか朝比奈は呆れた顔をしていて、なぜか高峰さんはニヤニヤと笑っていた。

遥が俺の顔を見上げる。

「ね。何年先になるか分からないけど、もし——」

そこまで言ったところで、遥は頬を赤くして口をつぐんだ。やがて、

「……やっぱりなんでもない！」

「なんだそりゃ」

なんでもないって、と遥はぷいとそっぽを向いた。

遥は両親に連れられて車に乗り込んだ。バタンとドアが閉まる。

（……ん？）

車の窓ガラス越しに遥が口を動かしている。よく聞こえないが、俺に話しかけているようだ。

「————」

遥が白い歯を見せて笑い、手を振った。俺は応じて手を振り返す。

車のエンジンがかかる。遥を乗せた車は走り出し、駐車場を出て、すぐに見えなくなった。

「……じゃあな。遥」

俺はぽつりとつぶやいた。

しばらく外来でフォローし経過を見るだろうが、そこで問題なければ遥はもう病院には来ない。顔を合わせることは、一生ないだろう。

病人と医者とはそういうものだ。これから先、遥は自分の人生を歩んでいく。そこに俺の出番はない。

願わくば、その人生が光多きものであるように。若くして抱えた苦難を吹き飛ばすくらいに、幸せな生涯であることを、祈る。

「それにしても、あの時の志葉はすごかったね」

隣に立つ朝比奈が言う。俺は「何が？」と問い返した。

「手術のこと。いつの間にあんなに上手くなってたのよ、研修医一年目で冠動脈バイパス術（CABG）の執刀なんて、聞いたことない」

「まあ、そこは色々と自主トレをな」

俺は適当にごまかした。本当のこと——時間を何度も遡って遥の手術を繰り返したからだ、なんて正直に言っても冗談と思われるのがオチだ。

「まるで、神崎先生みたいだった」

「ほう？」

近くにいた神崎が、何か言いたげにこちらを見た。朝比奈は慌てて手を振る。

「あ、いえ。違うんです。先生と比べたら、全然下手だし月とスッポンだと思うんですけど」

「なんで唐突に俺はディスられてるんですかね」

「でも、なんていうか……手術の雰囲気っていうか、息遣いっていうか。言葉にできない部分で、すごく、似てると思いました」

言葉を選んでいるのだろう、ゆっくりと朝比奈はそう言った。

口には出さないものの、心の中では納得する部分もある。俺が持つ手術の技術は、ループの中で神崎の模倣をすることで育ったものだ。何度も怒鳴られ、呆れられながら、神崎威臣の技術は少しずつ俺の中に写し取られていったのだ。

似るのは、当然のことだろう。

「フン。俺の手術にな」

「いえいえ。そんな、俺なんてまだまだですから」

へへへと頭をかきながら神崎に頭を下げる。神崎は鼻を鳴らした。

しばらくの間、俺たちはじっと立ち尽くしていた。ややあって、

「志葉」

黙り込んでいた神崎がおもむろに口を開いた。俺は「はい？」と顔を向ける。

「いい医者の見分け方を知っているか」

「……なんでしょうね。手術が上手いこととか、薬をよく知ってることとか、鑑別疾患が多く浮かぶこととか、色々ある気がしますけど」

「それらは側面だ。正解の一つではあるが、本質ではない」

神崎は続けた。

「もっと簡単に見分ける方法がある。患者が退院する時、どんな顔をしているかを見ればいい」

神崎は遠くを見ていた。

「患者が笑っていたら、そいつはいい医者だ」

少しだけ間を空けて、神崎は俺に向き直った。

「お前はいい医者になる」

俺は胸が詰まるような気がした。神崎の一言に動揺している自分が恥ずかしくて、照れ隠しをするように下を向く。

「……ありがとうございます」

そう言うのが、精一杯だった。

目元にあふれてきたものがこぼれ落ちないように、俺は空を見上げた。冬の始まりを告げる空は、高く晴れ渡っている。

Chapter 6　それでも、医者は甦る

「やっぱり医者ってクソじゃね？」

生臭い研究室の片隅で実験用マウスの尻尾に針を突き刺しながら、俺はうめいた。

日が落ちてしばらく経っているのだが、研究室は人であふれ返っている。俺がいるのは波場都大学医学部附属病院の心臓外科医局に敷設された実験室だ。うちの科は教授が「波場都大学の医局員たるもの臨床はできて当たり前、研究でも成果を上げてこそ一人前である」とわけの分からない持論を振りかざしており、こうしてあくせくと実験に精を出さなくてはいけないわけだ。

研究室にはコーヒーを飲みながら死んだ顔で論文を読んでいる者、いいデータを用意できなくて上級医に壊れた人形のように頭を下げ続けている者、そして俺のように生ける屍じみた顔をして実験をしている奴もいる。

「なんでこんなことやってんだろな、俺」

誰に聞かせるでもなく、疲れた声を漏らした。

俺があの不思議なループに巻き込まれる経験を経てから、六年余りが過ぎた。

俺は波場都大学医学部附属病院の心臓血管外科に入り、こうして大学病院でこき使われる日々を送っている。初期研修医の頃のようにみんなのパシリとして使い倒されることはなくなったものの、上司から仕事をモリモリ振られたり研修医の指導を任されたりで寝る暇もなく、中間管理職の悲哀を嚙み締めている。

時々自分でも妙に思うことがある。昔は初期研修を終了次第前線からは逃げ出してあくどい金持ちお医者さんライフを送ろうと虎視眈々（こしたんたん）としていた俺が、なんの因果かこうして多忙な外科医として日々を過ごしている。覚悟してはいたものの、最近体力が追いつかない。俺ももう三十を過ぎたので、そろそろ体に無理がきかなくなってきたのだ。

「朝から晩まで手術して外来やって病棟業務やって、やっと病院を出たと思ったら今度はマウスの世話と実験かよ。あのアホ教授、一日は二十四時間しかないってことを知らないんじゃねえのか」

周りの上司に聞こえない程度の音量でブチブチと文句を垂れ続ける。横に座る後輩が首を振った。俺と同じく彼も心臓外科医局員であり、同じチームで仕事をしているので何かと話す機会が多い。

「志葉先生、諦めましょう。医局に入った時点で僕たちは教授に逆らえませんよ」

「そういえばお前、今度の学会で出せるようなデータ出たの？」

「出てたらこんな時間に実験してません」

彼は力なく笑った。

その時、俺の胸ポケットに入っているピッチが音を立てて鳴った。俺は後輩と顔を見合わせたあと、おもむろに電話に出た。

「はい、志葉です」

『志葉せんせー。患者さんが眠れないって言ってるんでー、診察と睡眠薬お願いしまーす』

病棟ナースからだ。俺はマウスを飼育ケージの中に戻したあと、くたびれてしまった白衣を羽織って病棟へと向かった。

薄暗い病院の中を歩く。すっかり顔馴染みになった警備員のおっちゃんが「志葉先生、まだいるんですか？　病院に住んでるんですか？」と言ってニヤニヤしていた。

病室で患者の話を聞くこと数分、

「それなら、眠剤を飲んでみましょうか。きっと眠りやすくなりますよ」

俺がそう言って踵を返そうとすると、患者のお婆さんは嬉しそうに手を合わせた。

「志葉先生、いつもありがとうございます」

「いやあ、大したことはしてないっすよ」

「そんなそんな。初めて病院に来た時は、どうなるか心配で仕方なかったんです。志葉先生のおかげで元気になれました」

ありがたやありがたや、とお婆さんはつぶやきながら俺に手を合わせていた。なんだかくすぐったくなって、俺は照れ笑いを浮かべて「じゃ、お大事に」と病室を後にした。

翌日、徹夜でなんとか実験を成功させ、長い手術を終えた俺は、手術室のロッカーで大きく伸びをした。

手術室のロッカールームには消毒液や制汗剤が入り混じって独特のすえた臭いが漂っている。長時間手術帽をかぶっていたものだから、すっかり頭が蒸れて髪に癖がついている。備え付けのベンチに横になって息をついた。

ボリボリ頭をかきながらスマホをいじっていると、昨日も一緒にいた後輩医師がやってきた。彼は俺を見て「あ、志葉先生。お疲れっす」と頭を下げた。

「今日の手術大変でしたね。こんな時間かかるとは思わなかったです」

「冠動脈バキバキに固まってたからな。縫合にも気を使う」

俺はぐったりとしたまま言った。術者をやる時はいつもこうで、これからまた病棟業務が待っていると思うとそれだけで鬱病になりそうだった。

ロッカールームには誰が持ち込んだのか古びたテレビがある。ちらりと目を向けると、何かのニュースをやっているようだった。

『――救急車を呼んでも収容先の病院が見つからず、そのまま死亡する事故が相次いでいます。背景には救急車のたらい回しがあり……』

またこの話か、と俺はげんなりした。最近世の中、医療に関して景気の悪い話ばかりだ。

（この状況じゃ止むを得ないとはいえ……気が滅入るよなあ）

医療を取り巻く環境は徐々に、しかし確実に悪くなっていた。進行する人口の高齢化に対して有効な対策を打ち出せず、医師の偏在は是正されず、ナースや技師などのコ・メディカルの離職は止まらない。そのしわ寄せが現場へと押し寄せ、さらに状況が厳しくなる。

自分の置かれた環境を考える時、俺はまるで、真綿で首を絞められているような感覚に陥る。必死に頑張ってみたところで、行き着く先は奈落の底なのではないかと空想する。

テレビの中では、メガネをかけたコメンテーターが重々しい口ぶりで言った。

『――もはや医療崩壊は目前です。病院には金儲け主義の医者がのさばっています。医者の言うことに従うのではなく、我々は自分たちでどんな治療を受けるのかを選んでいかなくてはいけません』

男が拳を振り上げ、ドンとテーブルを叩いた。

『〝赤ひげ先生〟はもういません。古き良き医者は、死んだのです』

俺はのそりと起き上がった。後輩に「行こうぜ」と声をかけ、病棟へと向かう。

「嫌になっちゃいますね」

後輩が深々とため息をついた。俺は「そうだな」と返す。

「でもなあ」

独り、小さな声で俺はつぶやいた。

「止められないだろ」

「え？　どうしました、志葉先生」

「なんでもない。行こうぜ」

後輩の背中を押し、俺は病院の廊下を歩く。

大学病院の待合室は、今日も順番待ちの患者であふれ返っている。

夜遅くにようやく仕事を終え、俺は病院を後にした。携帯を見ると、いくつかメッセージが届いていた。

『まだ？　早くして』

相変わらず遠慮のない物言いに、俺は苦笑いを返す。

向かった先は大学近くの居酒屋だった。学生の頃は「こんな安くてボロい居酒屋は社会人になったら来ないんだろうな」と偉そうなことを思っていた記憶があるが、実際にはこうして安くて味の濃いツマミを求めて暖簾(のれん)を潜っている。

居酒屋の奥には一人の女性が腰掛けていた。人相の悪い女で、何やらメニューをにらんでいる。俺は声をかけた。

「よう、朝比奈」

「あ。やっと来た」

朝比奈恭子は息をつき、「ほら」と言って俺にメニューを手渡した。

この女が俺と同じ職場で働いていることは前々から知っていたが、お互い忙しくてゆっくり話す機会もなかった。年度末のこの時期になって、ようやく一緒に飯を食う機会ができたというわけだ。

「循環器内科はどうだ。忙しいのか」

「まーね。あんたさ、相談するならもっと早くしなよ。心カテやるのも結構大変なんだからさ」

「悪い悪い」

俺が適当に謝ると、朝比奈は苦笑いを浮かべた。

「あんたも変わらないね」

「そうか？」

「まあ、私はそっちの方が安心する。志葉がバリバリ働いてたら気持ち悪い」

なかなか手厳しいことを言った朝比奈は、店員さんに「ビール二つ」と注文をした。程なく黄金色のビールがジョッキに注がれてやってきた。

「朝比奈はもうすぐ異動なんだっけ」

「うん。来週から秋葉原。ここからも近いよ」

朝比奈は波場都大学系列の有名病院に移るらしい。それだけでなく、

「この年で部長だろ？　すげえよな、俺らの歳であの規模の病院の部長なんて滅多にいないぜ。大出世だろ」

「いつの話よ。今はもう事情が違うから」

朝比奈はどこか憂いを帯びた顔で、ビールを一口飲んだ。

「あそこ、元々のスタッフが辞めちゃったから。私は穴埋めだよ」

「……そっか、そうだったな」

「医療崩壊の世の中だからね。上の世代はお金貯めてさっさと逃げ出してる」

こういう話は今や珍しいことではなくなった。高額医療費対策として打ち出された保険点数削減や診療報酬改定、高額医療適応症例の大幅な削減を経て、医者の労働環境は悪化の一途を辿っている。その割に朝から晩まで働き詰めの労働環境は変わらないのだから、現場を去るという判断も正しいのだろう。

「結局、割を食うのは若手ってわけだ」

ビールジョッキを空にして、俺はうんざりと首を振った。

「朝比奈は医者を辞めようとか思わないのか」

「思うよ。毎日寝る前に考えてる。今からでも人生考え直した方がいいんじゃないかって」

でも、と朝比奈は言葉を続けた。

「ここで辞めたら、成部さんが正しかったことになっちゃうから」

「……そうだな」

「日本の医療は崩壊しかけてるのかもしれないけど、私が治した患者たちのことは、間違いだったとは思いたくないから。だから、辞めない」

朝比奈はふっと笑った。そんな風に笑う彼女を、俺は初めて見た。

「……いい医者だな、お前」

「ありがと」

俺たちはしっぽりと酒を飲み続けた。夜は更けていく。

居酒屋を出て、朝比奈と夜の街を歩く。こんな時間でも人でごった返していて、楽しそうに肩を組んだおっさんたちがカラオケに吸い込まれていった。焼き鳥の香りが漂ってくる居酒屋や怪しげな露店を眺めながら、俺たちは駅へと向かった。

「昔はさ」

朝比奈がぽつりと言った。

「私が日本の医療を変えてやるって思ってた。誰にも負けないくらい勉強して、どんな人にも真似できないくらい手技が上手くなって、新しい治療法を見つけて、日本一の医者になりたいって考えてた」

「お前らしい話だな」

俺は肩をすくめた。俺みたいなハナからやる気のない連中と違って、志高くこの世界に足を踏み入れたのだろう。

「勉強すればするほど、日本の医療の問題点も見えてきた。どうすれば解決できるかって、自分なりにいろいろ考えてみたんだけどさ。結局、うまいやり方は思いつかない」

俺は無言で先を促した。

「最初は誰か悪い奴がいるんだと思ってた。既得権益を守ろうとする医者とか、高い薬価をふっかける製薬会社とか、社会保障費を出し渋る国とかね。……でも最近、みんな自分なりに必死にやってて、それでもどうしようもないだけなんだってことに、気付いたんだ」

俺は朝比奈の顔を見た。昔のままに鋭い眼光が、虚空をぼんやりと見上げている。

「絵に描いたような悪者がいるのは、物語の中だけだよ。現実はそんなに単純じゃない。何かを解決しようとするのなら、代わりに何かを犠牲にしなきゃいけない」

俺はなんと答えればいいのか分からなかった。

いつの間にか駅に着いていた。駅の入り口で朝比奈が手を振る。

「あとは一人で帰るよ」

「おう。気をつけてな」

朝比奈が改札口へと歩いていく。俺はその背中に声を投げた。

「朝比奈」

「ん？」

「……頑張れよ」

朝比奈は驚いたように目を丸くした。そののち、

「志葉もね」

そう言って、小さく笑った。

朝比奈が歩いていく。他の人たちの中に混ざり、すぐにその背中は見えなくなった。

俺はしばらくぼんやりと改札前に立ち尽くしたあと、ゆっくりと踵を返した。


俺は大学近くに安い部屋を借りてそこに住んでいた。どうせ寝に帰るだけだからボロい物件で良かろうと思って職場への近さと安さを最優先に選んだら、ちょっと信じがたいほどに安い部屋を見つけたのでそこにした。狭い部屋で、たまに同じアパートに住む大学生たちが飲み会で騒いで夜はうるさいが、それ以外には特に文句はない。

朝比奈とのサシ飲みを終えて、俺は最近掃除してなくて埃っぽくなった部屋に帰ってきた。電気をつけると読みっぱなしの雑誌やら製薬会社にもらった縫合練習キットやら乾燥機から取り出して畳まずに放り出したままの下着やらが雑然と転がっており、いかにも一人暮らしの男部屋という風である。

シャワーを浴びるのも面倒臭くて、俺はそのまま床にごろりと寝転がる。このままでは寝落ちするぞ、早くシャワーを浴びて着替えるのだと自分を叱咤するが、仕事で疲れた体はちっとも言うことを聞かない。

そのまま部屋の中でゴロゴロしていると、ふと俺は指の端が何か硬い紙のようなものに触れるのが分かった。拾い上げると、今年の年明けに神崎から来た年賀状だった。あの男は研修医の扱いはぞんざいだが妙なところで律儀なようで、毎年細かい字がびっしり書かれた年賀状を送ってくる。

「副院長にまでなったんだし、忙しいだろうにな」

神崎にしごかれた日々を思い出しつつ、俺は年賀状の文面に目を通す。パンツを洗濯する暇もないほどの激務だったが、終わってみれば悪くない経験だったような気がしてくるから不思議だ。じゃあもう一回やるかと言われれば、一も二もなく断るが。

年賀状の最後は、

「また学会などで話すのを楽しみにしています」

と締め括られていた。普段は職場も離れているしなかなか会う機会もないが、たまに心臓血管外科の学会で顔を合わせることがあるのだ。そういう時はいつもラーメンを奢ってもらっている。以前九州で学会があった時は博多ラーメンを一緒に食ったのだが、

「息子がたまに会いに来てくれるようになってな」

少し白髪の混じり始めた頭をかきながら、神崎はそう言って嬉しそうに笑っていた。彼の人知れない苦悩がようやく、ほんの少しだけ報われたのではないか——そんな想像を抱いて、俺はなんだか安心した。

（……もう、六年か）

時々、折に触れてはあの不思議な体験を思い出す。同じ時間を何度も繰り返して、一人の少女を救命しようと足掻き続けたことを考える。

（何してんだろうな）

遥の現況を俺は知らない。それはそうで、退院した患者が今どこで何をやっているのかなんていちいち把握しているわけがない。ただ神崎が言うには、少なくとも高安動脈炎や狭心症の再発で波場都大学医療センターに担ぎ込まれたという話は聞かない

らしい。

ということは、きっとどこかで元気にやっているのだろう。なら、それで十分だ。

いよいよ本格的に眠くなってきた。もういいや、シャワーは明日の朝にしよう。そう決めて、俺はもそもそとベッドに潜り込んだ。

やがて春が来た。また、病院に新たな顔ぶれがやってくる。

「志葉先生」

病棟で俺が電子カルテをいじっていると、例の後輩が俺に声をかけてきた。

「新しい研修医が、挨拶に来てますよ」

「ああ……。そんな時期か」

俺は目を細めた。毎年四月になると、この春に医師免許を取得した連中がやってくる。研修医はこのご時世大事な仕事仲間だ。どれ俺も顔を見にいくか、と腰を上げる。

波場都大学医学部附属病院は大学敷地内にそびえ立つ巨大な建物群であり、建物の間を行き来するだけでも時間がかかる。

我らが心臓血管外科に割り当てられたスペースは大学の外れ、古びた煉瓦造りの建物の中にあって病院からは距離がある。建物の中に入り階段を上ると、何やら人だかかりが部屋の前にできている。

「なんだよ、何かあったのか？」

「あ、志葉先生」

手近なところにいた後輩に声をかけると、なぜかヒソヒソと声を潜めた。

「新しい研修医、女の子なんですけど」

「ほう」

「えらい可愛いんですよ。むさ苦しい医局が一気に華やぎました」

「へえ」

「みんな仕事ほっぽり出して見物に来たんですよ。ほら、なんかみんな顔がだらしないでしょ」

「はあ」

確かに言われてみれば、男どもの顔は暖かいところに置いておいたアイスみたいにとろけている。うちの科の医者はアホばっかりかと俺はため息をついた。

「志葉先生も一緒に挨拶しに行きましょうよ」

後輩がぐいぐいと俺の肩を押す。人の山を見ながら俺は、

「いや、今は人が多いし、後でまた……」

「なに照れてるんですか。大事な仕事仲間ですよ。ライン交換できたら僕にも教えてください」

「お前、それは職権濫用ってやつじゃないか？」

「いいからホラ。行きましょうよ」

分かった分かったと苦笑いしながら、俺は部屋の中に足を踏み入れる。

古ぼけた机と椅子が並んだ室内は、印刷された論文の山や医学書や手術の練習キットで雑然としている。奥の方に見慣れない白衣を着た女が立っているのに、俺は気付いた。後ろ姿で顔は分からないが、話をしている相手の男たち——うちの医局の准教授や講師のオッサンたちだ——がデレデレしているところを見ると、確かに顔がいいらしい。

俺は参ったねと頭をボリボリかいた。あれだけ人に囲まれているとなると、話しかけるだけでも大変そうだ。とはいえ、せっかくローテーション先に選んでくれたのだ。そのお礼は言っておかねばと俺は声を投げる。

「君」

研修医の女の子に声をかける。

（……あれ）

俺はふと、不思議な感覚を抱いた。初めて見るはずなのに、どこかで会ったことがあるような気がしたのだ。

ゆっくりと、研修医の女の子がこちらへと振り返る。大きな瞳が俺へと向く。

「ああ。いたいた」

聞いたことのある、声がした。

「――――」

まだ真新しく、折り目のついた白衣を着ている。白衣の袖をめくっていて、真っ白で綺麗な腕が見えていた。

「相変わらずだね」

女の子は白い歯を見せてはにかんだ。記憶よりもほんの少し大人びた顔立ちで、彼女は俺の顔を見上げていた。

「今月から心臓血管外科で研修する、研修医の湊遥よ」

悪戯っぽく笑いながら、遥は俺の目を覗き込んだ。

「よろしく。――志葉先生」

俺は長い間、じっと立ち尽くしていた。

声が、出なかった。

「どしたの？　変な顔して」

しばらくしてようやく、俺はふっと力を抜いて笑う。

「久しぶりだな。遥」

うん、と遥は満面の笑みを浮かべる。

横で他の医者たちが何やら騒いでいる。「おい志葉、湊先生と知り合いなのか」「どういう関係だ」「こいつ今、遥、って下の名前で呼び捨てにしたぞ」「なんだと？　俺たちの湊さんに馴れ馴れしい奴だな」「俺らのもんじゃないですけどね」――。やかましい声が聞こえる。

遥はそんな男たちを見て肩をすくめたあと、俺の顔を見上げた。誇らしそうに胸を張って、遥は自分の名札に手を添える。

『波場都大学医学部附属病院　医師　湊遥』

「どう？　私、医者になったよ。志葉先生」

確かに、そう書かれていた。

「……ああ」

その笑顔を見て俺は、生まれて初めてこんなことを思った。

――医者って、案外悪くないな。

日本の医療は崖っぷちだ。

これから先の数年、いや下手をしたらもっと長い間、医療現場は苦しむだろう。

救えるはずの命を救えなかったり、止むを得ず人の死を見過ごしたりしなくてはいけないのだろう。

刃の雨のように苛烈な批判や、心ない言葉に耐えなくてはいけない日が続くのだろう。


けれど、次の世代は確実に芽吹いている。

未来の医療を担う人材が育ってきている。

だから悲観することはない。

かつて年端もいかない看護師たちが、死してなお命を救い続けたように。

平凡で臆病な研修医が、何度も何度も患者の死に立ち向かったように。

いつかきっと、
それでも、医者は甦る――。

あとがき

僕の実家には、小学生の頃の僕が図工の授業で作った小さな人形が置いてあります。うろ覚えではありますが、確か「将来の自分」とかなんとか、そんな感じのテーマでの制作だったと思います。

その人形は白衣を着ていて、どうやら昔の僕は漠然と、お医者さんになりたいと考えていたようです。

いざ医者になって働き始めてみると想像以上に大変な仕事で、色々文句を言いたくなることも多いです。けれど、治療をして患者さんが元気になっていくのを見るのは、本当に嬉しいです。

この物語を書き始めた当初は世の中がこんな風になるとは思っていませんでした。医療崩壊という言葉は昔からありましたが、この一年で格段に聞く頻度が増えました。理由は明らかで、新型コロナウイルスの猛威は今さら僕が語ることもありません。

今この瞬間も、友人の医師や看護師たちは最前線で戦っています。彼らの献身ぶりには本当に頭が下がりますし、僕も見習わなくてはいけません。

元の生活に戻る——というのはもはや現実的ではないかも知れませんが、この災禍がいつか過去のものとなるよう、願っています。

そんな社会情勢の中でこの物語が世に出ることになったのは、不思議な巡り合わせだなと思います。

いつも適切なアドバイスをくれ、日付の変わり目まで打ち合わせに付き合ってくれる担当編集の阿南さん、小原さんをはじめ、たくさんの人に協力をいただきました。

また、この話を作るにあたって医師の友人たちに色々と助言をもらいました。大久保先生、笠原先生、川上先生、小嶋先生、杉山先生、鈴木先生、芳賀先生、槇先生、山本先生、結城先生、大変お世話になりました。

そして、この本を手にとってくださった読者の皆様に、心から感謝します。

どうか、今後ともよろしくお願いします。また会いましょう。

２０２０年　爽秋　　午鳥志季

<初出>

本書は書き下ろしです。

この物語はフィクションです。実在の人物・団体等とは一切関係ありません。

メディアワークス文庫

それでも、医者は甦る

―研修医志葉一樹の手術カルテ―

午鳥志季

2020年11月25日　初版発行
2024年10月30日　6版発行

発行者　山下直久
発行　株式会社KADOKAWA
〒102-8177　東京都千代田区富士見2-13-3
0570-002-301（ナビダイヤル）
装丁者　渡辺宏一（有限会社ニイナナニイゴオ）
印刷　株式会社KADOKAWA
製本　株式会社KADOKAWA

●お問い合わせ
https://www.kadokawa.co.jp/（「お問い合わせ」へお進みください）
※内容によっては、お答えできない場合があります。
※サポートは日本国内のみとさせていただきます。
※Japanese text only

※定価はカバーに表示してあります。

Printed in Japan
ISBN978-4-04-913528-2 C0193

メディアワークス文庫　https://mwbunko.com/

本書に対するご意見、ご感想をお寄せください。

あて先
〒102-8177　東京都千代田区富士見2-13-3
メディアワークス文庫編集部
「午鳥志季先生」係

その冬、彼は遅すぎる初恋をした。
これは、〈虫〉によってもたらされた、
臆病者たちの恋の物語。

恋する寄生虫

三秋 縋
イラスト／しおん

「ねえ、高坂さんは、こんな風に考えたことはない？　自分はこのまま、誰と愛し合うこともなく死んでいくんじゃないか。自分が死んだとき、涙を流してくれる人間は一人もいないんじゃないか」

　失業中の青年・高坂賢吾と不登校の少女・佐薙ひじり。一見何もかもが噛み合わない二人は、社会復帰に向けてリハビリを共に行う中で惹かれ合い、やがて恋に落ちる。

　しかし、幸福な日々はそう長くは続かなかった。彼らは知らずにいた。二人の恋が、〈虫〉によってもたらされた「操り人形の恋」に過ぎないことを――。

心の落としもの、お預かりしています
―こはるの駅遺失物係のにぎやかな日常―

行田尚希

心の落としもの、
お預かりしています
―こはるの駅遺失物係のにぎやかな日常―
行田尚希
メディアワークス文庫

どんな落としものにも、
愛がこもっているんですよ。

千葉県の〈こはるの駅〉に勤める若き駅員・日渡は、ある日、問題児がいることで有名な遺失物係へと配属される。

ネガティブな思考で周囲を困惑させる須藤。空気を読まない発言ばかり連発する成島。この個性的な二人とともに、真面目な日渡は、日々届けられる奇妙な落としものと、複雑な事情を抱えた落とし主に、真摯に向かい合っていく。

まるくてトゲトゲした小動物、抱えきれない大きな花束……駅で見つかる落としものには、ささやかだが心温まるドラマが詰まっている――。